JN256898

黒剣のクロニカ 02

芝村裕吏
Illustration／しずまよしのり

星海社

Ta eis heauton 02

written by
Yuri Shibamura

illustration by
Yoshimori Shizuma

ジジウム先生の夢を見た。人馬の先生が海の見える窓の大きな部屋を闊歩しながら、低くていい声で、オウメスに勉強を教えている。

僕はオウメスの後ろに立たされて、最初はイヤイヤ授業を聞かされていたものだった。それまでにも家庭教師はいたし、勉強も聞かされていたから、僕は勉強なんてこんなものだと決めて掛かっていたところがあった。

それが変わったのはいつだろうか。ああ、そう。戦争の話だ。あれが面白かった。

ジジウム先生は歩きながら言ったものだ。

「どうすれば戦争に勝てると思いますか」

それは教えるのではなく、問いかける形の授業だった。これまでの家庭教師と違って、ジジウム先生は考えさせることを生徒に課していた。まあ、居眠り防止としてはいい手だと思ったがいずれは自分で考える事になる、とするなら、これはいい大人の練習というものだった気がする。

戦争に勝てるかという題もよかった。戦争は子供にとっても一大事だし、数年に一回はある避けられないものだった。海軍力はあまりない僕の生まれた呪われし街コフでも、戦争はたびたび起きた。起こさざるを得なかった。食料が不足したり、奴隷が不足したりすると、戦争で獲得、解決しようとするからだ。こっちからそれらを取りに行くこともあるが、海の向こうから殴り込みをかけられる時もある。

滅多にはないが色んな事情で戦争がないまま二〇年もすると、人が増えて慢性的な食料不足に陥って、それで今度は移民して新しい都市国家をつくる。それが人間のありようで、そうして多島海全域に広がったと信じられている。コフは過去三回移民をさせて、それ以外はつまり、数年ごとの戦争を繰り返して今に至っていた。

戦争に勝つにはどうしたらいいか。

オウメスの後ろで無表情に立ちつつ、あの頃の僕は考える。難しい問題だ。いや、難しくもないかな。戦争に勝ちたいなら、勝てる相手と戦えばいい。では勝てる相手とはなんだろう。

僕は規模を思った。こちらの出す軍勢より小さな軍勢しか出せない都市国家相手なら、勝てる。オウメスも同じことを思ったらしく、綺麗な唇を開いて、ジジウム先生に言った。

「敵より多くの兵を動員する」

オウメスと同じ答えになってしまったのは悔しいが、他にあるまい。表情を変えずに立っていると、ジジウム先生は意外な事を言い出した。

「確かに。ですが、そうとも限りません。なぜなら三回に一回の戦いでは、少数の方が勝ってしまうのです」

神々の助力や陣形の相性で多少の逆転はあると思ったが、三回に一回とは思ったよりずっと少数の方が勝っていた。しかもこれは、過去何百年も同じという。

ジジウム先生は僕の顔を見て微笑んで口を開いた。

「ですから戦いは、なくならないのです。これが五回に一回なら、負けそうな方はそもそも戦わないでしょう」

三回に一回ならありうる。そう思う人の気持ちが戦争を起こす。まあ、負けたら奴隷だから否応なく戦うしかないとも思うけど、その話自体はとても興味深く思えた。これまでの先生とは違うと、強く印象に残った。

夢というものは勝手なもので、次々に場面が出て来る。夢、というのは分かったが、とはいえ目を覚ますことはできなかった。

よく分からない夢を見た。僕とオウメスが机を並べて勉強する夢だ。愉快な気分だったのが、情けない。オウメスが僕にしたことを忘れるわけもない。

ジジウム先生がまた戦争の話をしている。

「多島海での戦争は、果てなく続いています」

食料が不足するのだから仕方ない。そう思っていたら、ジジウム先生がここではない遥か彼方の方を見ながら喋りだした。

「なぜ戦争が起こると思いますか」

当時、僕が答えられる立場ではなかったのだが、夢というのは勝手なもので、平気な顔で僕が口を開いていた。

「人が増えるからです、先生。人の数が増えれば自然と戦争するしかなくなります。物凄い人数になれば移民の道もありますが、そこまででなければ戦争するしかありません」

ジジウム先生は笑っている。本当にそうかな、という顔。

「戦争をしない方法があるというのか」

オウメスが横柄な事を言い出した。ああ、そうだ。本当はオウメスがそう言って、僕は言葉遣いを考えろよと心の中で悪態をついていたのだった。

オウメスの態度を気にする風でもなく、ジジウム先生はゆっくりと説明を始めた。ゆっくりした説明は、重要なことを話すときの先生の癖だ。

「多島海以外では普通にあります。むしろ、多島海がおかしいのです。非常に戦争しやすい形になっています」

「戦争がしやすいって、何ですか」

夢の中の僕が尋ねると、オウメスは顔をしかめた。しかし、しかめただけで怒ったりはしなかった。変な感じだ。本当なら激怒して鞭を持ち出したりしたろう。

ジジウム先生はやさしく、コフ、ヤニア、ロクボロボスと書石板に書き入れた。都市の名前だった。

「各都市の人口は分かるかね。フランくん」

名前を明かしたのは最後の最後だったはずなんだが、夢というのは本当に勝手なものだ。夢だけは自由、いや、自由ならオウメスを縊り殺す夢を見たかった。僕はなんでそんな事を聞くのだろうと思いながら数字を書き入れた。その数、一万。市民の数はどこの都市も同じようなものだ。市民の一〇倍ほどが奴隷になる。

「そう。どこの人口にも差がない。差がないから戦争が起きる。勝てるかもしれない戦いだから、戦いが起きる」

以前の少数でも勝てるかもしれないという話に通じるものがある。まあ、人口が同程度なら少数の側も極端な差になったりはしないだろう。だから戦いが成立するというのは、分かる。

分からないのは多島海の外、アトランの車の外の話だ。ジジウム先生の言い方だと、外では都市の人口が異なることがあるらしい。それも変な話だ。長い多島海の歴史で都市の人口は一万人と、相場が決まっている。人口が二万になれば移民して新しい都市を作る。それ以上を維持するだけの食料を用意できないからだ。逆に少数ではどうか。疫病などで人口が減ればここぞとばかりに戦争が起きるのが普通だった。少数の都市は生き残れない。結果、誰が決めたわけでもないが、人口一万人程度の都市だけが残る。僕から見てもこの仕組みはとても強固で、例外などありえないように思えるのだが。

オウメスが面白くなさそうな顔をしている。僕は少し、気分がはれた。ざまあみろだ。そう、実際にもそう思ったのだった。しかし、僕も分からないというのは悔しい。外にはなにか秘密があるのか。それとも単に外にいるのは蛮族だから、劣っているのか。どれくらい時間が経ったのか、オウメスと並んで歩く夢を見る。僕は笑っている。こんなの僕じゃない。

本当の僕は……。

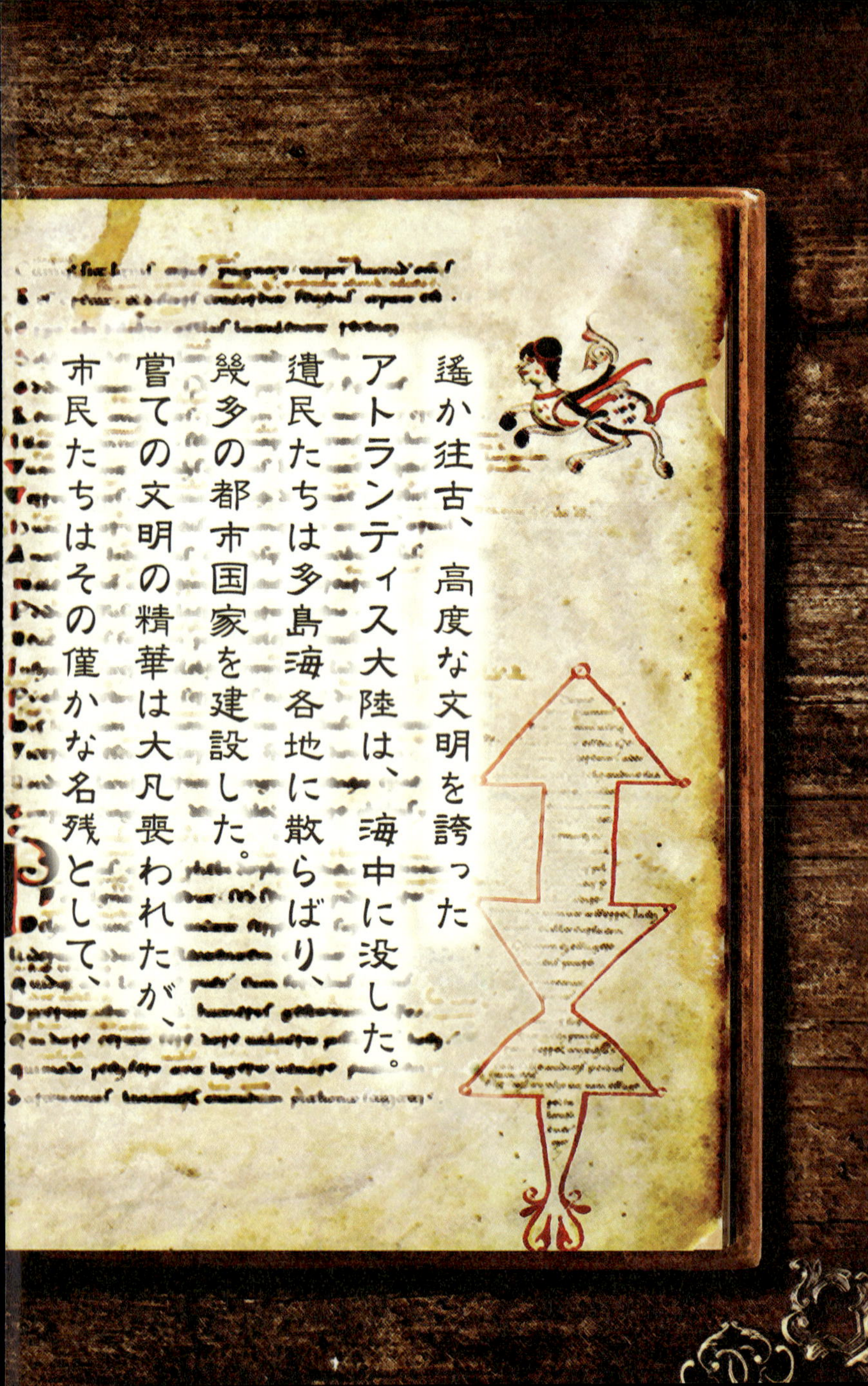

遥か往古、高度な文明を誇った
アトランティス大陸は、海中に没した。
遺民たちは多島海各地に散らばり、
幾多の都市国家を建設した。
嘗ての文明の精華は大凡喪われたが、
市民たちはその僅かな名残として、

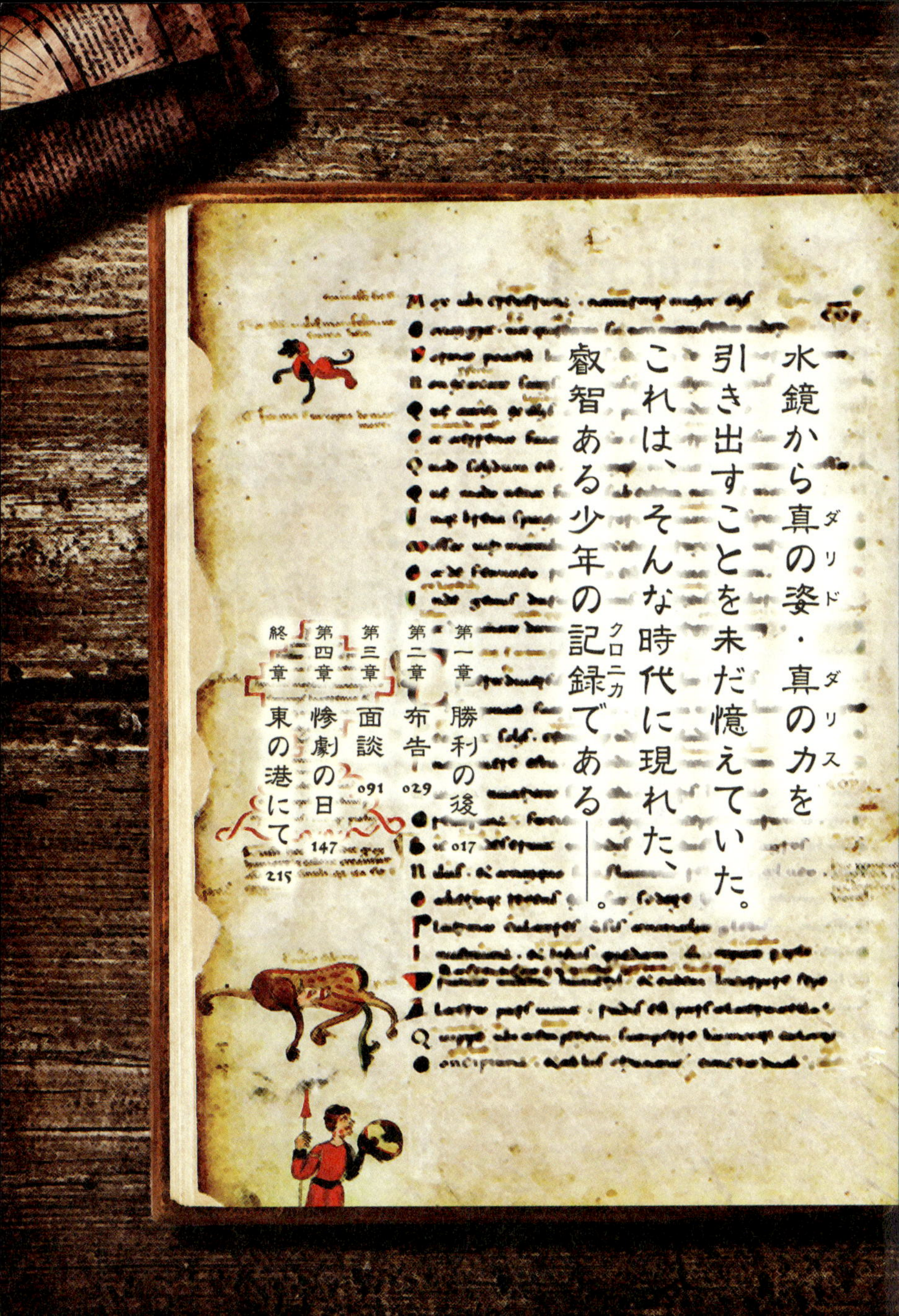
水鏡から真の姿（ダリド）・真の力（ダリス）を
引き出すことを未だ憶えていた。
これは、そんな時代に現れた、
叡智ある少年の記録（クロニカ）である――。
第一章 勝利の後 017
第二章 布告 029
第三章 面談 091
第四章 惨劇の日 147
終章 東の港にて 215

Characters

フラン

ヤニア市の貴族・黒剣家の三男として生まれたと伝わる。母が奴隷身分であったため、兄弟の中での扱いは不当なものであったとも。ヤニア市に逃れ、小百合家の姉妹を守って、長兄トウメス、父フィタロスを滅ぼした。

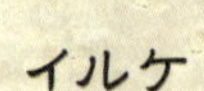

イルケ

ヤニア市の貴族・小百合家の姫。家を守るためと水鏡を覗き、人馬のダリドを得たが、そのために婚姻が難しくなったことを嘆いたという。勝ち気な性格であったという。

オルドネー

小百合家の姫。類い希な美しさから、黒剣家のトウメスから婚姻を申し込まれ、そのことがコフとヤニアの争いの種になったとされる。

イリューイリド

ドリドと呼ばれる木の精。長命であり、フランのみならず黒剣家と長い縁があったとされる。

オウメス

黒剣家の次男で、フランの兄にあたる。謀略に秀で、美少年を好んだと伝わる。太陽神と同一視する伝承もある。

第一章

勝利の後

Ta eis heauton 02

刈り入れ前の麦畑を踏み荒らしながら、都市同士の戦争が起きた。槍兵が並び、楯を構えてぶつかる中、僕は父と長兄を相手に戦い、勝った。女を奪うために戦争を始めるような父、兄だったが、戦ってみると嫌な感じが残った。もっとも、嫌な感じがしたのは後のことで、当時の僕はイルケを守るのに精一杯でそれどころではなかった。

兄に投げつけられた槍で腹に大穴を空けられながら勝ったのは、ほとんど偶然の産物だったが、僕が加勢した都市であるヤニアは、そういう風には取らなかった。意識を失っている数日の間に僕は信義と、ヤニアを守るために父や兄と戦う勇士ということになっていて、傷つきながらも劣勢のヤニアを勝利に導いた立役者ということになっていた。

その話も嘘ではないが、実際の僕はヤニアを守ろうなんて露(つゆ)ほども思ってはいなかった。単に略奪されそうな娘の、その姉であるイルケが心配だった。ただそれだけだ。顔も定かでない誰かのために戦うことは僕にはできない。

それで、目が覚めた。自分が嫌な奴であることを自覚しての目覚めだから、当然気分はよくなかった。

意識を取り戻して受けた最初の報告は、僕の母都市……だったコフで、政変が起きたという事だった。僕の次兄であるオウメスが、王になったという。王というのは普通貴族の長を指す称号だが、オウメスは全ての貴族を解体し、得た財貨を市民に分け与えたという。オウメスが王になった事自体には驚きはないが、なにをどうやったら負けた軍の指揮官の家が都市の実権を握れるのかさっぱり分からない。さらにその上で貴族解体とくればもう完全に想像の枠外だった。

なにがどうしてどうなった。

本当に、なにをやったら短期間で王になれるのだろう。いくらオウメスとはいえ、この政治状況下、年若く経験もない彼がいきなり王になって貴族を解体するだけの権力を手に入れるなんて、ちょっと想像ができない。

ありうる話としては、ずっと前から準備していた、なのだが、それにしたって限界はあるだろう。同じ期間を与えられたとして僕ができるかと言えば、全然できる気がしない。

まあ、別に王になんかなりたいとも思ったことはないから、どうだっていいんだけどね。いや、敵となった今では考えるべきなのだろうか。オウメスから見れば、今や僕は、兄と父を殺した仇だ。

そう思って、痛みに顔をしかめながらもちょっと笑った。オウメスなら特にどんな感想も持つまい。むしろ分かりにくい表現で僕を褒めるくらいはするかもしれない。

僕は話を聞いて馬小屋というか人馬姫小屋の中でうめいた。とりあえず身体についた藁を払って椅子に座り、再度説明を聞いた。聞き間違いでもなんでもなかった。さらに家宰（かさい）にウラミがついたという。

家宰というのは職業で、名前の通り家を宰、すなわちつかさどるのが仕事だった。たいていは長年貴族の家で働いてきた奴隷がその功績を主人から認められて、自由身分と一緒に得られる。長年いた奴隷は家の事をよく知るのだからうってつけというわけだ。女性が就くことも多いがその場合、たいていが主人の生母だった。僕がもし黒剣（くろがね）家唯一の子で跡取りになり、母が存命だったら母を家宰にしていたことだろう。家宰の子は自由身分というだけでなく市民権を持つので、この場合は腹違いの弟たちを取り立てるという意味がある。

しかし、今僕が聞いた話では、そういう常識的なあり方とはかけ離れていた。黒剣家の新しい主であるオウメスは、僕の親友だったウラミを家宰にした。ウラミは奴隷と同じかそれ以上に酷い待遇の者である難民だったが、黒剣家についての知識などはないはずだった。普通の意味ではとても家宰が務まるものではない。

どういう意図でそうなったのか。いや、そもそも二人が知己だったことも僕は知らなかった。その事実に打ちのめされた。父と長兄亡き今一番嫌いな人間である次兄オウメスと、親友ウラミが繋がっていたなんて。

兄オウメスは男色趣味で、女は好きではなかった。つまり、そういう事だったのか、いや、ウラミとオウメスが恋人同士だったなんて信じられない。信じたくもない。

意識が遠のく。気付けばイルケに上半身を激しく揺らされていた。

「ちょっと！　しっかりしてよ！」

「いや、今意識が遠のいたのはイルケが激しく僕の頭を揺さぶったせいだよ」

人馬のイルケが慌てて手を離した。僕は反動で椅子から転げ落ちそうになる。まったく、この娘といると僕は落ち込む暇もない。

「あんたが動かなくなるからよ」

あげくそっぽを向いてそんな事を言う。ちょっと顔が赤いのは、悪いと思っているからだろう。常識的に言ってそんな態度を取らず謝ればいいのに、とは思うが僕自身は謝ってほしいとも思っていなかった。むしろ、イルケらしくてとてもいい。あるいはこれも、神話級の特殊性癖というやつだろうか。

そっぽを向いたまま横目で僕を見ていたイルケが怒り出した。

「もう、なんで笑っているのよ！」

「いや、イルケといると落ち込む暇がないよね」

「褒め……てる？」

「どうかな」

イルケは僕が知る人馬どころか人間をひっくるめた中でも一番気が短い。またすぐに、そして猛烈な勢いで怒り出した。怒っているのにさらに怒れるのが彼女の凄いところだ。僕は嫌いになれない。むしろ大好きだ。

僕の身体を再度揺らそうとしているところで、間に人が入った。こちらはイルケの妹、オルドネーだった。姉が人馬なのに対してこちらは人間の姿だった。白い鳥の姿に変わることもできる。形態が異なるのに姉妹なのには理由があって、二人ともダリド(真実の姿)を映し出す鏡を覗いたせいだった。それで姉のイルケは人馬になり、妹のオルドネーは鳥になった。変な姿になると婚姻に影響するので、大昔ならともかく最近では女の子が鏡を見るのはあまりなかったが、家の大事とあっては仕方なかった、とのこと。実際ダリドが二人の家である小百合(さゆり)家に、どの程度役に立っていたかは分からないが、この間の戦いでは多分役に立った気がする。

多分、というのは、二人のダリドを利用した作戦を立てていたものの、戦場にイルケが出てきて僕が僕の作戦を遠くに放り投げて、ぐだぐだになってしまったからだった。正直、あの戦いに勝てたのは、運がよかったからという他ない。頭の中では完璧な作戦だったんだけど。

「仲がいいのはいいですから、少し状況を整理しましょう」

しっかり者のオルドネーは僕を手で押しながら言った。

「整理ってなにするの？」

イルケはいつも素直だ。そんな彼女を僕は守らないといけない。僕は腕を組んで、少し考えてみた。

もう何年も会っていないが、僕の親友、ウラミは難民だった。難民とは他都市で生まれたが何らかの理由でそこを追われて、コフで生活する民だ。難民は人の家畜である奴隷と同じ程度には悲惨な境遇だった。

人は一人では生きていけないが、人の集団になるとそれはそれで、話がややこしくなる。外と内という考えが生まれて、外に厳しくなる。奴隷も難民もコフという都市国家から見れば外の者だ。だから厳しい。優先すべきは内であり、それ自体は悪くもなんともないが、それが行き過ぎると僕の生い立ちみたいになってしまう。

ウラミもそうだ。難民というだけで職業を制限されて苦労していた。半島の先にある関係であまり土地がないから耕作地が割り当てられないのは仕方ないかもしれないが、土地なくして人は生きる事が難しい。麦も植えず羊も飼わず、ではどうして生きていけるのだってやつだ。貴族だって奴隷を使っているだけで、やっていることは市民と同じ。麦を植えて羊を飼っているのだった。

ウラミは妹を食べさせるのに苦労していた。妹を奴隷に売ることもせず、美の女神神殿にあげることもせず、そしてそれゆえに苦労していた。自分で生きるだけでも大変なのに、家族がいるというのは本当に大変なことだ。

そのウラミが、僕の兄であるオウメスと組んだ。なんで僕と組まなかったんだろうというのは置いておいて、生きるために手段を選べなかったと言われたら納得するしかないのが難民の立場だった。

でも……。


「イリューイリドは何か聞いてないのですか」

僕の代わりにオルドネーが口を開いた。イリューイリドは僕を心配そうに見た後、悲しそうに首を振った。

木のダリドを持つドリド(木の精霊)、コフの曇天(どんてん)神殿の巫女(みこ)である彼女は、ウラミの協力者、部下だった。その彼女も、話を聞いていないと言う。

「黒剣のオウメスさまは美しさで有名ではありましたが、それだけの人という印象でした。難民街に姿を見せたという話も聞いたことがありません。ウラミさまと繋がりなんて……」

イリューイリドの説明は僕の記憶ともよく一致する。オウメスは自分の才を親にも見せる事を嫌がった。長兄にもだ。父はオウメスを見た目だけの優男(やさおとこ)と思いこんだまま死んだような気がする。

実際はどうか。僕が知る限りオウメスほど頭のいい人間もいない。学者として頭がいいとは違う頭のよさだ。なんというかそう、貴族として頭がいい。僕ほどではないにせよ徒手空拳だったオウメスがコフの王になったと聞いても、驚きがない程度には頭がいい。

そのオウメスが家宰をウラミに決めた。恋人だからそうしたというものでもないだろう。オウメスは情に流されるほど甘くはない。単なる肉体の付き合いと政治は平然と分けて考えるだろう。

「まあでも、オウメスって人はフランのお兄さんなんでしょ。事情を説明すれば分かってもらえるんじゃない？」

そう言ったイルケは、僕が長兄と殺し合いをしたことを忘れているのかどうなのか。いや、忘れてはいないのだろうけど、事態が彼女の理解を超えてしまっているのだろう。家族が仲がいいのは当たり前という彼女にとって、そうでない僕たち黒剣家のありようを理解させるのは難しい。

そもそも理解してもらおうとも思わない。家族が仲がいいのは当たり前。イルケが言うならその通りだし、その思いを壊したくはない。

「何を事情説明するのかは分からないけど、和平はヤニアにも、小百合家にも必要だろう。できれば話し合いを持ちたい。オウメスはどうか分からないけど、ウラミなら大丈夫だと思う」

そう言ってイリューイリドを見た。イリューイリドは僕より年上のわりに、僕の半分ほども成長していないように見える。ドリドは成長が遅いのだろう。代わりに樹と同じく長生きできるに違いない。

イリューイリドは困惑した顔を僕に向けた。イリューイリドにも分からないということか。

「イリューイリドはウラミの部下なんだろ」

「そうなんですけど……私は何も聞いていないのです」

イリューイリドとしては、裏切られた気持ちになっているんだろう。あるいはないがしろにされたと思っているかもしれない。よく見るとかすかに苛立っているようにも見える。樹にも表情があると言ったら怒られそうだが、そんな気分だった。

イルケの顔はよく見ているのに、イリューイリドの顔はよく見ていなかった。

それにしてもさて困った。どうしたものか。僕とオウメスは、仲が悪い。いや、できれば僕は、オウメスを殺してこれまでの恥辱(ちじょく)を晴らしたい。オウメスを殺して初めて自分が自由の身になったとすら思える。しかし、状況はそれを許さない。

僕は心の中でため息をついた。復讐は後回しだ。とりあえず父を殺せたのでよしとしよう。今はイルケとオルドネーを守る。それでいい。

僕の心の中のため息や決意を全部無視して、イルケは機嫌悪そうに僕の頬を引っ張った。まったくイルケほど簡単に怒らせられる人もいない。

「ちなみに今回はなんで怒ったの？」

「フランさまがイリューイリドの顔をまじまじと見たからだと思いますよ」

オルドネーが優しく微笑んでそう言った。そうなのと目でイルケに尋ねたら、そっぽを向かれた。まったく、なんて性格が悪いんだろう。にも拘わらず可愛いと思う自分が嫌だ。いや、嫌じゃない。

「照れないでください。私まで恥ずかしくなりますから」

オルドネーはそう言って僕の頬を引っ張った。イリューイリドはどうかというと僕たちのやり取りで毒気を抜かれたか、少し微笑んだ。

「まあ、フランさまも何も聞いてないようですから、私だけ不満に思うのもおかしな話ですね」

それが彼女なりの納得の仕方なんだろう。僕は頷いて、一旦横になった。傷口は僕のダリスの力（ダリドのカ）のおかげで塞がってはいるが、とはいえ、完全に治ったという感じでもなかった。

横になるなら、館の方にどうぞと、オルドネーが言う。僕は意識のない間、イルケの部屋というか馬小屋というか人馬姫小屋にあって、そこでイルケにつきっきりの世話をされていたらしい。人馬は一日のうち、わずか四刻ほども寝れば良いという話だった。万能だな、人馬は。

視線を動かすとイルケは名残惜しそうな顔をしている。いや、僕も馬小屋じゃない人馬小屋の藁山の方がどんな寝具よりも楽しい気がしたが、しかし人馬とはいえ、婚姻を結んでもいないのに一緒の部屋というのはさすがに問題があり過ぎる。というか、良家の子女、妹であるオルドネーとしてはそんなことを許せるわけもない。それで僕は、館で休むことにした。

控えていたイタディスさんに肩を貸してもらって、階段を昇る。イルケが尻尾を悲しそうに振っているのを見てなんだか僕まで悲しくなった。いや、そんな状況でないのは分かっているんだけど。

横になって思うのは、あの可愛い人馬のこと。イルケともう少し話をしたかった。

第二章

布告

Ta eis heauton 02

都市同士の戦争というものは、大体痛み分けに終わる。都市の規模がどれも似たり寄ったりだからというのが主たる理由だ。

今度もそうなると、ヤニアの人々は思っているらしい。気持ちは分かる。そうでないと困る。これから麦の刈り入れも始まるし、戦争が続けば共倒れになりかねない。疲弊したところを見計らって第三の都市が介入してくる、なんてこともありうる。そうなった時困るのは、コフも同じだ。彼らとて奴隷になるのは避けたいはず。

だからヤニアは今、浮かれている。戦争に勝った。そしてもうしばらく戦争はない。戦争で減った兵士の数が元の水準に回復するまでには、短くて二年、長くて四、五年はかかる。

イルケもオルドネーもそう思っている様子で、これからどうしましょうねと笑顔で語り合っていた。

何と言えばいいのやら、ここでまだ戦争は続きますよとは、言いにくい状況だ。

皆で料理を囲む夕食。イルケが僕に近寄って来て、顔を覗き込むように近づけた。

「どうしたの、嫌いなものあった?」

「そんなことないよ。オルドネーの料理はおいしいよ」

「暗いみたいだけど」

「ああ、うん」

あいまいな返事をしたら、背中を叩かれた。意外に痛い。

「しっかりしなさいよ」

「してるよ」

「あー、若様は懸念がおありなのではないでしょうか」

先ほどからやり取りを聞いていたイタディスさんが、横から助け船を出してくれた。

そうなの？　という顔をしているイルケに、僕はなんと言おうか考える。古来、悪い者以上に悪い予言をする者の方が嫌われるものだ。

「浮かれているところ悪いんだけど、戦争は終わらないかな」

「え？」

瞬時に顔をしかめられた。まあ、そうだよね。僕もそう思う。しかし、言い始めたからには、最後まで言わないといけない。

「残念だが、戦争は続くと見た方がいいと思うよ」

即座にイルケの顔が曇った。まあ、それはそうだろう。だから僕も言いたくなかった。

ところが、僕の予想は外れた。いや、表面的には外れた。コフの新王になったオウメスは和平をすると宣言して使者を送って来たという。

使者の語るところはすぐに神官たちによって暗謡され、僕たちの耳にも聞こえることになった。僕は常々、こういうことは文章にしてくれたらいいと思うのだが、なぜか神話、歴史やこういう使者の口上は口承されるものと決まっている。文章だと伝わらないことがあるから、というが、僕の感想としては、人間の記憶の方がよほど怪しいと思う。

ともあれ、使者の口上はこうだった。

「今回黒剣家と小百合家の婚儀についての争いは遺憾である。コフとしては戦いは望むものではなく、当事者である黒剣家の者が当主もろとも死んだことにより戦う意義もなくなったと考えている。この上は両都市手を取り合い、旧来の交流に復することを望む。コフにはそのために必要な償いをする用意がある」

これに、ヤニアの市民は飛び乗った。民会が開かれることもなく、交渉することになって、交渉団が組織される段階になってようやく民会が開かれた。しかも交渉団の中に当事者である小百合家の誰も入っていないという状況だった。

表向きは小百合家の当主が病に倒れているため、という事だったが、それにしたって当事者抜きは酷い話だと思う。

民会に出て決定の場にいたオルドネーは、辛そうだった。僕が代わってやりたかったけど、現段階の僕は小百合家とヤニアの客将という扱いだ。民会に出る資格がない。

「どうだった、オル」

「まあ、予想はしてましたが、戦後交渉の全部から外されました」

「え、酷くない？　もともとうちが襲われたのよ⁉」

「言い方を換えるともともとの原因が我々にあって、その尻拭いをされたのだという感じでした」

オルドネーは必死に反論したと思うが、結論は最初から決まっていたのだろう。戦いの立役者である僕やイタディスさんの仕事は当たり前、より多く戦死者を出したところが賠償と補償を受けるべきだという、そんな感じだったらしい。

まあ、そうなるよね。僕としては予想通りの展開で、特に言う事もない。いや、一つあった。

「オルドネー、落ち込まないでもいいよ。どうせ、補償なんかない」

オルドネーは民会の事を思いだしたか涙目だったが、僕を見上げて小首を傾けた。

「そう、なのですか」

「戦死者に対する補償という意味なら、コフの戦死者にもその補償がある。で、その責は黒剣家に集中する。でも黒剣家にそんな財力はない。コフにも支払いできないし、ましてヤニアになんか全然無理だ。もらえないものについて議論しても仕方ない」

「でも、悔しいです。自分の家が、小百合家が軽んじられているようで」

とはいっても、令嬢二人を残して当主が死んでしまったことが、そもそも小百合家が傾いた原因だ。大人しい小娘が小百合家代表として立っても、利益誘導できるような状況ではなかった。

戦争に勝ったことはいいものの、小百合家の再興も手伝ってやった方がいいのかもしれない。いや、そういう言い方はよくないな。オルドネーが悲しむ一方で、憤慨しているイルケが無茶しないように、小百合家をどうにかしよう。うん。

「イルケには怒って欲しくないし、オルドネーに悲しんで欲しくはない。家については僕にも責任があるから、手伝うよ」

そう言ったら、オルドネーは涙を落として僕の手を握った。

「ありがとうございます。フランさま。というわけで、結婚しましょう」

「ちょっとオル！」

僕がなんでと言い返す前に、イルケが邪魔した。いや、姉として正しい。僕とオルドネーが手を繋いだままイルケを見ると、イルケは恥ずかしそうにして、前脚で地面を掻いた。

「ど、どっちと結婚するかはまだ決まってないでしょ。フランは特殊性癖だから、わ、私の方がいいかもしれないし？」

「特殊性癖だからってなんだよ！」

僕は手を放してわめいた。わめかざるを得なかった。そこはもう少し違う言い方があるだろ。

イルケは二つに割れた髪を振って、伏し目がちになっている。

「私が嫌いなの？」

「き、嫌いじゃないけど」

オルドネーが握ったままの僕の手を自分の胸元に引き寄せた。

「私の事も、当然嫌いではありませんよね？」

「そりゃそうだけど」

瞬時にイルケが怒った。

「何そのだらしない態度！」

「好きかどうかだけで結婚とか決めたら駄目だよ！」

僕は貴族として正しいことを反論したつもりだが、オルドネーもイルケも不満というか、理不尽なことを言われたような顔をしている。いや、ええと。

とりあえず、オルドネーの大きな胸に沈んでいる僕の腕を取り戻し、僕は横を向いた。

「結婚なんて些末事だよ。オルドネー、イルケ。やるべきことは別にある」

「そうでしょうか」

オルドネーは顔を近づけて食い下がった。多分、戦後処理の話し合いより食い下がっている気がする。戦後処理より結婚を気にする。まあ、うん、そういうものかもしれない。婚姻は貴族最大の商機と言うし。

イルケが僕とオルドネーの間に割り込んだ。長大な馬体を割り込ませた関係で互いに顔が見えなくなる。ふふん、という顔。

「まあ、確かにそうね。それで、どうなの」

「そうだね。結婚するならやっぱり大貴族くらいが……」

イルケは僕の頰を引っ張った。

「そっちじゃなくて、あんたは今後、どうすればいいと思っているわけ？」

「乱暴だなあ。いや、どうするもこうするも」

ヤニアが要求するであろう賠償を黒剣は支払えない。さらに言えばオウメスは支払う気もないだろう。では支払わなければどうなるか。戦争しかない。

「最終的には戦争になると思うけど」

イルケは面白くもなさそうに半眼になり、唇を結んだ。

「黒剣ってどんだけ戦争好きなのよ」

「僕は好きじゃないな。まあでも、全般としてはそうだね。戦争を嫌がったりはしないと思う」

「それで、どうするのですか」

オルドネーが姉の馬体の向こうから顔を出して言った。イルケの身体を優しく撫でている。僕は目を逸らして考えた。オルドネーとイルケを見ていると、そっちに集中してしまいそう。

「戦うしかないし、そのための準備をしないといけない」

問題は、準備のための資金もなにもないということだ。この間の戦争では特に出費といえば材木代くらいだが、とはいえ元から傾いている家なので、懐（ふところ）事情は非常に厳しい。お金がないとイルケが公言するほどだ。

翌日になると、オルドネーはよそ行きの服をきっちり着て僕の前に姿を現した。

「戦争になること、ヤニアの軍事評議会（ストラテゴ）に報告すべきではないでしょうか」

軍事評議会というのは、貴族、市民の中でも戦上手とされる人が一〇名ほど集まって作る都市の常設組織だった。ちょっとした小競り合いや軍事動向の変化のたびに民会を毎回招集すると大変ということで作られている。ここで重大事と認定されれば民会を経て戦争が可決されるというわけだ。大体は何十年も前の戦争で大活躍した元勇士などが名誉職でついているのが普通だった。仕事としてはさほど重くもないが、名誉はある職だ。

しかし、言い方を換えれば老人ばかり、今までの軍事的常識にとらわれてオウメスの考えや動きにはついていけないだろう。

僕はため息をついた。

「言っても聞いてはくれないと思うけど」

「私もそう思います。でも、だからと言って見過ごすわけにもいかないでしょう」

そう言ったオルドネーは、若くても立派な女貴族に見える。最初から出向いて説明するつもりで服も着替えていたに違いない。それと比べて姉のイルケの方は余程子供っぽいと思う。まあイルケの場合はそれでいいんだけど。いや、それがいい。イルケは貴族とかそういうものを、あの馬体でぽんと跳び越えそうな気がする。

「フランさま？」

しまった、口許（くちもと）がゆるんでしまっていた。イルケの事を考えると、つい笑ってしまう。

「いや、確かにそうだね。でもいいの。不吉な予言をした方が恨まれるって、僕は習ったけども」

「それでも、です。気がすすみませんが、行ってきます」

「分かった」

頼りの姉……元からあんまり頼りになってはいなかったと思うけど……が、人馬になってしまって、さらに僕はヤニアの外の人間という事もあり、対外的な業務はオルドネー一人が支えている格好だ。大人の男たちに嫌みとか言われると思うと、申し訳ないという気になるが、僕もイルケも代わってやることはできない。残念だ。

朝に出かけたオルドネーが戻って来たのは正午を過ぎたあたりだった。服装はきっちりしているが、顔には疲労の色が見えた。というか、屋敷に入った瞬間に、泣きそうな顔になっている。予想通りというか、不吉な予言をした者として嫌われたらしい。

僕がどう慰めればいいんだと右往左往する間に、僅か一歩でイルケがオルドネーに抱き付いた。

「オルドネーを泣かせるなんてひどい！　今からやっつけてくる！」

「さすがイルケだ。よし、僕も手伝おう」

貴族のありようとか街の情勢とか全部放り投げて言ったイルケにうっかり同調してしまう程度には、僕も腹が立っていた。というか、大の大人が何やってるんだ。

オルドネーはイルケに抱き付いて、首を弱々しく振った。力なくイルケが、振り上げた拳を下ろした。

「泣かないでよ、オル」

「泣いてません。最初から予想してましたから」

とか言いながら泣いてる泣いてる。僕はオルドネーに駆け寄りそうになって、どうしたものかとまた右往左往した。背中をさするのも、なんかいやらしい気がする。

「フラン、あんたが浮足立ってどうすんのよ」

「まあ、いや、それはそうなんだけどね」

椅子に座って考えを巡らす。言うまでもなく、ヤニアは和平、それしか考えられなくなっている。対して僕は、説得材料をまったくと言っていいほど持っていない。そもそもコフは現段階で兵の動員すらしていない。これで戦争が起きますと言っても、誰も相手にしてくれないだろう。それは分かる。

しかし、どうすればいいんだ。この状況。

悩みながら廊下を歩く、オウメスが攻めて来るのは間違いないと思うのだけど。客観的にそれを裏付ける材料がない。

まあ、でもそんな事まで僕たちが心配する必要はないのかな。賠償金が小百合家に入るわけでもないのだし、勝手にやってくれと思わなくもない。

安易な方に流れかけて、僕は考えを改めた。これではいけない。僕には分かる。オウメスは必ず攻めて来るし、その時は必ずヤニアを滅ぼす。オウメスは中途半端なことをしない。

しかし対抗しようにもヤニアは動かせない。追い詰められている気分だった。おいおい、二回も戦争に勝って大将首も挙げたのに、なんで追い詰められた気分になっているんだろう。

まあ、それだけオウメスが優秀、ということか。そりゃそうか。なにせ僕と二歳しか違わないのに王になっているんだから。それに比べて僕は傾きかけた貴族の家の食客だ。いいとこ客将というところ。差は歴然だ。

まあでも、オウメスのところにイルケはいない。イリューイリドもいない。イタディスさんだっていやしない。どっちの立場がいいかと言えば、明らかだった。王位よりイルケだろう。オルドネーもいない。趣味は違うとはいえ、オウメスだって王位についたからって美少年に好かれるわけでなし、何を考えているんだろう。そもそも権力に興味あったのかという方が驚きだ。いずれ黒剣の当主なり、王なりになって辣腕を振るうとは思っていたけれど、それは仕方なく貴族の責任を果たす上のものであって、あの歳で好きでやるとは到底思えなかった。

オウメスの中で何かが変わったのか。それとも、前からそんな奴だったかな。オウメスのことは何でも分かっているつもりだったが、意外に分かっていない。

オウメス、戦争なんか面白くもないよ。そう言ってやりたいが、いや、オウメスはいずれ殺す。僕は頭を振った。オウメスを許す気も、生かす気もない。忠告は無意味だ。奴だって僕の言葉を聞いたりはしない。

目が覚めたのは皆が寝静まった夜中だった。

樹に起こされた。いや、イリューイリドだ。夜中だと本当に樹にしか見えないので、心臓に悪い。僕は松の葉で頬を刺されて目を覚ました。

「夜は寝ているんじゃなかったの」

「はい。背が伸びなくなるので夜は動きたくないのです」

真剣そうにイリューイリドは言った。なるほど。彼女の幼い顔を見るに、これまで夜遊びが多かったのかもしれない。いや、それも違うかな。

「もしかして、ウラミに夜は動けないと言えって命じられてた?」

イリューイリドは本物の樹のように動かなくなった。動き出すのに数瞬掛かった。

「はい。なぜ、お分かりに?」

「親友だから、かな」

本当は、違った。オウメスが僕を殺しに来るなら暗殺だろうと思ったからだった。戦場で殺しに来るのが長兄、子供たちに殺し合いをさせるのが父なら、次兄は確実に殺せそうな手を選んでくるというわけだ。そしてその役はイリューイリドこそ相応しい。夜には動かないと公言してその通り行動してきた彼女なら、簡単に僕を暗殺できていたろう。

でもそうはならなかった。前からある傾向だが、オウメスは人の心というものが分かっていない。あいつも大したことないなと笑いたくなる一方、ウラミがオウメス側についていることが一層感じられて、悲しくなった。

暗がりでよく分からないが、イリューイリドは言いよどんでいる様子。僕は黙ってイリューイリドの言葉を待った。

それにしても、暗がりで男女がいるというのに、ちっともいやらしい感じでないのが変な感じだ。イリューイリドが幼い身体つきをしているからというより、むしろ樹の下で寝ている感じだ。よく寝られそうというか、詩作すればいい詩ができそうな、そんな雰囲気だ。

「ウラミさまは、いえ、ウラミはフランさまが思うような者ではないかもしれません」

イリューイリドとしては、一人で僕のところに派遣されたあげく、ないがしろにされて余程腹に据えかねているのだろう。それで愚痴を言いにきたように見える。ただ暗いので見えると言ってもなんとなくだ。

「イリューイリドは怒っている？」

しばしの間があった。言いよどんでいる。

「怒っています」

僕がウラミの側に立つことを警戒していたのかもしれないが、結局はそう言った。

僕は頭を掻いた。

「確かに、君一人を送り込んで来た挙句にこれではね」

「違います。私が怒っているのは」

「怒っているのは？」

月光が窓から侵入してイリューイリドの顔を照らしだした。夜だと樹としての要素が身を潜めるのか、生身の人間にしか見えない。それが裸で僕の前に座っている。夜寝るとき

は裸なのは当たり前にしても、ちょっと無防備な気がする。いや、違うか。彼女は昼間も裸で、身体の一部を服のようにしていただけだ。

イリューイリドは横を向いた。

「フランさまを、騙そうとしていることです。私なら絶対に、そんな事はしません」

「ありがたいけど、僕はウラミにならら暗殺されてもいいな」

本音だったが、イリューイリドのお気には召さなかったらしい。

「あの人にそんな価値があるのか、そもそも、そんな事を言わないでください」

「そんな事言われても、ウラミは僕の親友だったんだよ」

イリューイリドが寄って来た。顔が近い顔が近い。尖らせている唇があたりそう。

「いじけるのはよくない事です、いいですか」

思わず小さく頷いてしまった。変に意識して勢いに呑まれてしまった。月光とは恐ろしいもので詩作するような雰囲気ではなくなっていた。

イリューイリドは満足そうに頷いて、下を見た。感心するように小さく声を上げた後、僕を見た。

「あの。言うても私、樹ですよ。それで元気になるなんて、やっぱりフランさまは神話級の特殊性癖ですね」

僕ぐらいの歳なら皆そうだと思いたい。イリューイリドは上機嫌そうに口を開いた。

「実は年上というかお姉さんが好きとかでしょうか」

いや、それはないんじゃないかなと思うが、口にしたら機嫌を損ねそうだ。

「そんなの関係ない。いいから離れて」

イリューイリドはどうしようか迷ったような顔をしたが、自分でもちょっと怖くなったのか、離れた。

「まあ、今日のところはこれぐらいにしてあげます」

「今日のところって」

「ともあれオウメスのことはよく知りませんが、ウラミについてはあなたの暗殺をも考えるような人です。だからといっていじけないでください。私がいます」

「私がって」

「私が親友になってあげます」

自信満々でイリューイリドは言った。いけない、このままでは木霊(こだま)のように言葉を反響するなにかになってしまう。僕はちょっと離れたせいでよく見えるようになったイリューイリドの身体から目を逸らしたあと、考えを巡らせた。

「まあ、それはそれとして、僕にしてもイリューイリドにしても、オウメスとウラミが接触していた事を知らなかった。ここははっきりしている」

「そうですね」

「いつから接触してたんだろう。どういう取引があったのかは分からないけど、貴族が家宰にするなんて事は軽々しく決められるものじゃないから、相当前だと思うんだけど」

「そうですね。それは分かる気がします」

随分前から接触していた、どれくらい前だろうか。あの時僕らは無邪気に一緒に遊んでいた。僕とウラミが一緒に遊んでいた頃だろうか。いや、そうではない。あの時僕らは無邪気に一緒に遊んでいた。そう思いたい。そう思いたいってなんだ。それは僕の都合、僕の思い出が壊れないようにっていう僕の都合のいい考え方だ。

深呼吸する。

ウラミはどんなことをしても妹を守ろうとしていた。

そのためにオウメスと付き合い、オウメスに命じられて僕と遊ぶ、そんな事だってありうる。嫌な感じが足元から上がって来る気がした。全部がオウメスの腹で決まったことだったとすれば、僕は随分と滑稽なことになる。いや、滑稽でもいいが、ウラミを弄ぶのは許せない。許せないぞ、オウメス。

「フランさま？」

心配そうにイリューイリドが声を掛ける。僕は苦笑して首を振った。

「一つ怪しくなると、何もかも怪しくなるものだね。こうなってくるとヤニアとコフが戦ったのも、オウメスが実権を握るための策だったたって気がしてくるよ」

実際やってもおかしくないほどの実力はある。

「私が今ここにいるのは命じられての話ではありません」

イリューイリドは小さく言った。僕は頷いた。

「うん。それは信じている」

分かっている、とは言わないでそう言った。イリューイリドも僕と同じだ。何もかも信じられなくなった。だから信じるものが欲しくて、まだしも事情を分かってくれそうな僕のところに来たんだと思う。

でも本当は分かって欲しいのではなくて、信じて欲しいのだと思う。だから分かったとは言わずに、信じると言った。それは僕も欲しいものだ。信じるというものは、心臓に不可欠な栄養なのだ。

イリューイリドは嬉しそうに、瞳を潤ませた。

「ありがとうございます。フランさま」

「いや、礼を言われるような事はないよ」

いずれにせよ、蓋を開けて戦いに勝って一番利益を得たのはオウメスというわけだ。しかも犠牲らしい犠牲を払ってもいない。酷い話なのは確かだが、その手腕は確かだろう。

予想通りというか、コフとの交渉はまったくうまくいっていないらしい。のらりくらりとかわされて、ヤニアの交渉団は怒りを募らせているという。ここでしびれを切らして戦争準備に入ればよさそうなのだが、それもできずにただただ、日が経っている。

オルドネーの報告を聞いて、イタディスさんが僕の方を向いた。

「時間稼ぎ、ですかな」

「僕が知る限り、オウメスはそんな性格じゃないんですけど」

「では、若様はどのようにお考えで？」

「そうですね。性格、というだけならもう攻撃を始めているんですが」

「オウメスは若様が思うほど攻撃的でないのかもしれません。あるいは戦おうにも軍備が揃わないとか。現に向こうでは民会も開いておらぬようですし」

「民会かぁ」

確かに民会と選挙なくしては何も決めようがない。それはそうだ。いやでも、オウメスは他人に指図されたり、他人に強調したりするのが大嫌いだ。民会にも滅多に出ないくらいだった。オウメスが民会を開かないのはさもありなんという気もする。あいつ、どうするんだろう。いっそ何もかも諦めて、コフでのらりくらりとやっていってくれればいいんだけど。まあ、最終的には殺すんだけどね。

とはいえ、今はイルケやオルドネーが心配だ。他家の僕が言うのもなんだけど、小百合家をどうにかしてあげたいところ。

「まあ、確かに民会に諮(はか)っていない以上は何もできないですよね。オウメスも今の僕たちとあまり変わらないというところか」

僕たちもヤニアの民会を動かせていないので、互角だ。互角。言ったそばから強烈な違和感を覚える。互角というのは冗談にしてもなにか引っかかる。ただその何かが分からない。

その日も夢を見た。最近寝るたびに夢を見る。イルケの夢なら楽しかろうに、なぜかそんな夢ではなかった。夢に見たのはジジウム先生だ。女の子じゃないけど、ジジウム先生なら大歓迎だ。そう思ったらオウメスもいた。まったくもって、夢というものは自由に扱えないものだ。見たい夢を見れたら、人生とても楽しいだろうに。

ジジウム先生は、アトランの車の外の話をしていた。僕はその話が大好きだった。今でも好きだ。胸躍る。

外では土地を巡って人が争うという。ちょっと想像できない話だったが、オウメスは最終的にそうなるな、とつぶやいていた。なんでそうなるのかは、いまだに分からない。

翌朝になると調子がよくなってきた。しかし、夢見はよくなかった。あのあと、オウメスと仲良く手を繋いでいる夢を見てしまったからだ。最悪だ。起きてから吐くかと思った。

いいとは言えぬ気分のせいか、もう数日は休みたいと思った。用を足そうと桶を探して部屋の中を歩いていたら、開け放たれたままの窓があった。昨日忍び込んだイリューイリドがそのままにしていたんだろう。

ヤニアの市街地にある小百合家の邸宅は、貴族の屋敷としてはあまり大きくはない。二〇部屋というところだ。大きな、練兵場を兼ねる中庭があって、それを囲むように外壁と一緒になった円形状の屋敷が存在する。人馬小屋は中庭の隅にある。元は馬小屋で、イルケがああいう姿になってから、急遽改装されたというわけだ。石を組んで作った壁は白い漆喰(しっくい)を塗ってあるが、そんなに丈夫ではなさそうだ。歴史にあるアトランの噴火くらいの災害があれば、地震で倒壊してしまいそうだ。地震が最後に起きたのも一〇〇年は前というから、いらぬ心配というやつだろうけど。

窓から見た中庭ではイルケが寂しそうにぐるぐる歩いている。

違うか。桶があるから、開け放たれたこの窓は臭い対策だ。

用を足しながらイルケに声を掛けた。

「寂しそうだね」

イルケは僕を見上げて、すぐにそっぽを向いた。後ろ脚で地面を蹴っているのは、怒っているのかどうなのか。

「別に、ちょっと暇だっただけ」

僕の心配をしているのかなと思ったけど、違うのか。いや、それはそれで、思い上がりというやつかな。現実問題、僕とイルケはどんな関係でもない。まあ、僕はイルケが好きだし、イルケは結婚願望があって、この際誰でもいいという感じではあるんだけど。

でも誰でもいいというのは、ちょっと悲しい。いや、物凄く悲しい。なまじ好きな相手だけに、悲しすぎる。

それで僕は、用を足しながら空を見た。今日も晴れている。

突然地面を叩く蹄(ひづめ)の音。見れば今度は前脚で地面を蹴っている。イルケは怒っていた。そんなに長くもないはずの用を足し終わる前に怒ったのは、さすがイルケというべきか。

「寂しいんじゃなくて心配だったのよ！　バカ、バカバカ！」

脱糞しながら可愛らしさに悶(もだ)えてしまった。いけないいけない。灰をかけて表通りに捨てながら、僕はうっかり笑ってしまった。井戸で手を洗って中庭に戻って来た頃にはイルケは顔を真っ赤にして怒っていた。

「あんたのことを心配してたのよ！」

「あ、うん。それは分かっているんだけど」

僕にも色々あったんだよとは、言えなかった。イルケにはかなわない。イルケは可愛い。

「じゃあもう少し何とかしなさい」

「何とかって」

「素早く中庭に来るとか」

「まあ、うん。次からはそうするよ」

イルケはまだ前脚で地面を掻いているが、怒るのはやめた。

イルケの傍に寄ってイルケを見上げる。馬の身体がついているせいで、イルケの背は高い。おかげでイルケの胸にどうしても目が行ってしまう。

「そういえば、昨日の夜はどうしてたの？」

ほとんど睡眠を必要としないイルケは、イリューイリドの動きに気付きそうだし、気付いたら突撃してもよさそうなのにそれがなかった。

「どうもしてないわよ。いつもの通り。着替えたり、庭を歩きまわったり、あと門から外を覗いたりしてたわ」

普通に、イリューイリドの動きに気付かなかったらしい。まあ、イルケならありそうだ。

僕はちょっと笑ってイルケの顔を見上げた。

「何よ」

「別に。ヤニアの民会はその後どうなんだい」

「賠償金の額で盛り上がってるみたいだけど。皆の希望する賠償を積み上げたら、コフが三つ四つ買える額になっているみたい」

「それじゃ払えないね」

「そうね。それで揉めてるわ」

少なくもない被害を出したのだから当然と言える話ではあるが、仮に現実的な額にしようとなってもコフ、いや、黒剣に払える額にはならないだろう。そうなるとコフが、いやコフの王オウメスがどう動くかが問題になる。オウメスが減額交渉をするところが想像できない。そもそも奴は大人しく和平するだろうか。僕は到底そうなるとは思えなかった。いや、父や長兄トウメスの下で長年大人しくしていたのだから今回だって時間稼ぎはするかもしれないけれど。僕に対するときにはいつでも凶暴で、すぐに行動していたものだった。今回はどっちのオウメスだろう。

「実家が心配？」

イルケとしてはさりげなく言ったつもりかもしれないが、僕には拗ねる直前にしか見えなかった。それで微笑んでみせた。

「まさか。僕はイルケやオルドネーが無事ならそれでいい。最初からそう言ってたと思うけど」

イルケは伏目になり、小さくそうなのとか言いつつ顔を赤くしている。何をどうしたのか照れているのは間違いない。僕はイルケの顔を見ながら、そうだ、イルケを守らなきゃと自分の目的というか原点を思いだした気になった。いや、いつだって忘れてはいないけど、脅威が直接近づいてこないと、中々強くは思わないものだ。

オウメスは人馬になんか目もくれないだろうけど、僕に嫌がらせするためなら人馬の焼肉をつくるくらいはするかもしれない。当然味見は僕にさせるだろう。あるいは僕を犯しながらイルケが処刑されるのを眺めるとかやるかも。オウメスの善性に期待すべきではない。

オウメスの性格を思いだすほどゆっくり養生する暇はないことを確信する。考えよう。考えないと。何が起きてもいいように、あるいは何か起きた時に対応できるように考えるべきだ。

これだけは自分の財産ということで、愛用の書石板を取り出して、ああでもないと書きながら考えた。書きながら考えるとはジジウム先生の宿題でよくやっていたものだ。それが役に立っている。先生に会ってお礼が言いたい。そうだ、オウメスを殺してその首を蛇にでも食わせたら、アトランの車を越え、ジジウム先生を追って東の地に行ってもいいかもしれない。そう思うとやる気がでるものだ。

ヤニアは賠償金を取るとか言っているが、オウメスは払ったりしないだろう。そもそも黒剣家の領地はヤニアに接した場所にある。あそこは戦場になって今年の収穫は期待できそうもない。となれば賠償金を払うにも払えないということだ。

と、なればまた戦争になる。しかし、普通に考えて戦争をするだけの蓄えも力も、両都市ともにないだろう。となればヤニアは通行税を上げて賠償金代わりにするだろう。そうなれば時間の問題でコフは、干上がる。オウメスも困る。万歳。でもまあ、オウメスはそんな事お見通しだろう。見通した上で何かをやってくる。

オウメスならどうやってこの状況をよくするかな。時間とともに干上がるとするならその前に動くしかない。ああ、それで貴族を解体して財貨を市民に分け与えたのか。貴族から接収した財貨は人気取りのためじゃない。もう一戦やるための準備というわけだ。対してヤニアは二戦して疲弊している。勝ったから慢心もしているだろう。勝負はどうなるか分からない。こっちの頼みは木の人形を兵士として使うイリューイリドだが、そういうのを見越した上で、対策も考えた上で僕への援軍として送り付けた気がする。次兄であるオウメスにとって父と長兄トウメスは黒剣家の、そしてコフの実権を握る上での障害だったに違いない。

それで僕はまんまと長兄トウメスと父を殺す。なるほど。邪魔者をそれと気付かれずに僕に殺させたわけだ。親殺し、兄殺しの汚名は僕に、実権はオウメスの手に、というわけだ。つくづく嫌な話だ。オウメスは優秀だけど、底意地が悪い。そんなんだからジジウム先生に面白いことを教えてもらえないんだ。

周到な準備で仕掛けてきたオウメスに、まともな準備を与えられていない僕は対抗できるだろうか。

答え。できない。

幼少時代に植え付けられたオウメスに対する苦手意識は置いておいても、陰険さで勝てる気がしない。どうしよう。皆を連れて逃げてしまおうか。復讐はいつかするにしても、まずは生き残らないとどうしようもない。

腕を組んで考えていたらオルドネーが夕食ですよと小声で声を掛けに来た。もう、午後だ。昼の食事をし損ねた。もっともそういうのは貴族も奴隷も当たり前だから、特に気にもしなかった。

「あ、うん分かった。ところでなんで小声なの？」

僕が尋ねると、オルドネーは黒髪を揺らして少し考えた。

「大切なことを考えていらしたように見えたんです」

随分と素朴な答えで、返答に窮した。あるいは僕と同じようにオルドネーとイルケのお父さんが、考え事をしていたのかもしれない。

食卓には山盛りの草を皿に積んだイルケに土器の鍋を持ったイリューイルド、イタディスさんがいた。皆揃っての食事という事で、ちょうどいい機会だ。僕はオウメスの事を話すことにした。

横になって葡萄酒を注いでもらいながら、どう喋ろうかと考えた。

「やっぱり男の人って、部屋に籠って考え事をするのかしらね」

オルドネーがそんな事を言い始めてイルケが身を乗り出した。

「そうなの？」

「ええ、フランさまがお父様みたいに」

「ああ、石筆を口の上に載せて」

「そうそう」

オルドネーは楽し気に笑って言っている。やっぱりお父さんがかつて同じような事をしていたらしい。それでオルドネーは邪魔して怒られたことがあって、小声で声を掛けたというわけだ。

イルケを見るとイルケはそっぽを向いた。

「あんたね、せっかくの美形なんだから口の上に石筆なんて置くのはおやめなさい」

「色々考え事があったんだよ」

「どうだか、下手な考え、逆効果というでしょ。戦いの訓練の方がずっといいと思うけど」

イルケはいつにもまして機嫌が悪い。いや、たいてい怒ってはいるんだけれども。

「実はずっと、フランさまが中庭に来るのを待っていたんです。一緒に訓練しようと思ってたらしくて」

オルドネーが僕に向かってそう言って、イルケを慌てさせた。

「イルケが？」

「ええ。ずっと世話してやったのに薄情だって言ってました」

「そんなこと言ってないわよ！」

絶対言ってたと思う。まったく寂しがり屋だな。もっとイルケと話をしないと。

なおも喋ろうとするオルドネーを、イルケが羽交い絞めにして口を塞いだ。服がはだけてオルドネーの豊かな双丘が見えてしまいそうで思わず目が行ったが、イリューイリドに邪魔された。

「フランさま、はしたないと思います」

「あ、うん。ごめん」

それはそうなんだけど。僕はイリューイリドに睨まれて目を背けた。これは僕が卑しいんじゃなくて、いやすみません。僕は卑しいです。

「絶対言ってないからね。はいこの話終わり。ところで何を考え込んでたのよ」

妹ともども髪を乱したイルケが、そんな事を言った。それで僕は、意識を戻した。

「うん、実はね。結構重大なことで」

「なによ。もったいぶってないで、早く言いなさい」

「じゃあ結論から言うと、ヤニアはごく近い内にコフと戦争して負ける」

僕が言うと、皆が顔を曇らせた。

「端折り過ぎよ。どういうことか説明して！」

それで、イルケが案の定怒った。いつもの事といえばいつもの事だ。

「だから言ったのに。ええと、つまりね」

僕はオウメスがこう動くであろうということを順番に話した。最初に動いたのは起き上がって腕を組んで話を聞いていたイタディスさんで、頭を掻いて僕を眺めた。

「よく分かりましたが、このまま座して死ぬのは黒剣家らしくはありませんな」

僕が生まれる前から黒剣家に仕え、あげく見限って僕について黒剣家を立て直すと語るイタディスさんはそう言った。要は負けるだけでは困るという事だが、それは僕を含めて皆そうだろう。

僕は改めて皆を見た。皆も僕を見ている。

「黒剣らしさがどうかはともかく、その通りだ。でも僕では、僕だけでは勝てる気がしない」

「少々歳が行ってますが戦士はおりますな」

イタディスさんはしれっと返した。

「私もいるわ！」

イルケは戦場に出したくない。

「お手伝いします」

イリューイリドは真剣そう。

「物見ならできます」

オルドネーはしっかりしていた。いや、そうじゃなくて。

「皆が協力してくれることに疑いはないんだけど、知恵が足りてなくて」

皆の顔が曇った。

「そこは若様の担当でしょう」

イタディスさんの返しは、僕もそう思っているだけに、つらい。

イリューイリドは苦笑し、オルドネーは自分の髪を指で巻いて目を逸らしている。

「じゃあ、一緒に考えてあげる」

なぜか胸を張って言うイルケだけが、元気だった。一番あてにならない人ほどその事実を分かっていないものだ。いや、まあでも、どんな援軍よりも嬉しいのは確かだ。

「一番簡単なのはヤニアから逃げる、なんだけど」

皆の顔が曇った。まあ、うん。そうだろう。

「勝ったのに夜逃げとはいかがでしょうな」

イタディスさんが代表してそう返してきた。

「とはいえ、ヤニアの民会を説得して戦争の準備をさせるのは難しいと思う。市民は農作業もしないといけない」

あまり戦争をしてこなかったヤニアはコフほど奴隷が多くない。その奴隷の大部分は船の漕ぎ手として使われている。結果市民は自力で耕作をしていた。昔はコフもこうだったという。

「僕だけでは勝てないというのは、究極的には一人では戦争できないということだ。皆の気持ちは嬉しいけど、五人でも話は同じだ」

オルドネーが小首をかしげた。

「どれくらいが必要なのでしょう」

「前回と前々回でコフが動員した兵は合計で四〇〇〇くらい。まだ一六〇〇〇くらいは兵力があると思う」

イタディスさんが僕の言葉を補足した。

「貴族階級が解体されているとすると三〇〇〇はさらに引けそうですな」

「とすれば一三〇〇〇の兵になるわね。ヤニアの全軍を合わせても五〇〇〇はいないわよ」

イルケがうんざりした口調で言うと、イタディスさんは煤けた天井を見た。

「ヤニアにせよコフにせよ、それらは全ての戦えそうな成年の総数です。実際は都市なり個々の生活なりをどうにかしないといけないわけですから、それを差っ引く必要がありましょう。若様の言が正しければ、オウメスの方は準備金を払って六〇〇〇ほどは動員できるでしょう。対してヤニアは……」

「半分も出せないでしょう。二〇〇〇も出てくれれば大したもの。前も少数で勝てたのだからこれでいいという話になってもおかしくありません」

オルドネーが言った。ため息。

イリューイリドがない胸を張った。

「私がいます。今度は人形兵を一〇〇〇でも二〇〇〇でも用意しますから。必ずフランさまのお役に立ってみせますとも」

「対策されていると思うんだよね」

「そこをなんとか」

「いや、僕に頼まれても」

まあでも、対策されているからと言って使わないという手はない。なにせ自前では僕もイルケたち小百合家も兵力を持っていない。出陣したという格好をとるためにもイリューイリドの能力に頼らざるをえない。

僕はイリューイリドの頭を撫でた。イルケが衝撃を受けたような顔をした。

「まあでも、イリューイリドの能力を使わない手はないか。分かった」

イルケが猛然と座った。立ったり座ったり忙しい。僕を睨んでいる上に目線があったらそっぽを向いた。またもイルケは怒ったようだ。今度は何で怒ったんだろう。

イリューイリドは戦いに勝ったかのような、得意気な顔をしている。これまたよく分からない話だ。そこにオルドネーが横から入って口を開いた。

「イリューイリドさんはウラミさんの部下、即ち敵の味方なんでしょう？　いいんですか」

「いいんです。今の私の主はフランさまですから」

イルケがそっぽを向いていた首を戻して僕を睨んでいる。僕はどんな表情をしていいのか分からなかった。なんでイルケが怒っているのか、今度という今度はさっぱり分からない。というより、イリューイリドが味方してくれないと困るのは小百合家じゃないか。

「ともあれ、前回は何も考えない父と、さらに何も考えられないような手負いのトウメスが相手だったから勝てたけど。今度は、策で勝る敵に量でも負けているんだよ」

僕はそう言った。イルケはバカにしたような鼻息一つ。僕も腹を立てかける。

「でも、民会を動かして可能な限り兵を出してもコフには勝てません」

オルドネーの言葉は僕の結論でもある。そう。つまりどうやっても、勝てない。皆で唸って、食事が終わった。

時間的な余裕はあまりないだろうに、この調子ではいけない。しかし、どうしたものか。オウメスは、オウメスならこの次どうするかな。まあ、僕に策を作る間を与えないよな。考える余裕すらないわけだ。

夕食が終わり、日の入り前に水を浴びようと中庭に出ようとしたら、オルドネーに声を掛けられた。

「いい考えでも思いついた?」

「いいえ。でもそれより急ぎ対応すべきことがあります」

オルドネーはそう言って、ため息をついた。覚えがあるため息だ。

なんで覚えがあるかというと、僕もよくやっていたものだからだ。

オルドネーは言葉を続ける。

「それはお姉さまの機嫌です」

なるほど。僕の場合はオウメスが無茶苦茶言ってため息をついてたんだけど、小百合家の場合、妹が姉を思ってため息をつくというわけだ。

「イルケ、機嫌が悪いの？」

「ええ、とっても」

怒ってはいたけど、それはいつものことで機嫌が悪い、という感じでもなかった気がする。ともあれオルドネーの苦労は後に生まれてきた者として、よく分かる。それで僕は中庭に建ててあるイルケの部屋というか木でできた人馬小屋の扉を叩いた。

返事がない。名前を呼んでも出てこない。振り返ると中庭までついて来ていたオルドネーが、身振りでいいから小屋に突入しろと言っている。いや、着替え中だったらどうするんだよと僕も身振りで返したが、うまく通じず、仕方なく突入することにした。これで怒られてもオルドネーは知らん顔するんだろうなと思うとやるせない。

窓を全部閉めているせいで部屋は昏かった。背からの光を頼りに部屋の様子を見ると、イルケが僕の方に尻を向け、服を着たまま横になって寝ていた。起きてはいるみたいだけど、起き上がることをしようとしない。

つまりこれはなんだ。いじけているというやつだろうか。

なんでいじけるかなと思ったが、すぐに思い直した。いや、いじけて当然だ。勝ったと喜んだら勝てないとか言われるんだから、それは落ち込みもするだろう。正直に言ったのが悪かった。僕は反省した。

「そんなにいじけないでよ。イルケ」

イルケとしては無視して黙っているつもりかもしれないが、さらさらの尻尾が揺れている。

「勝つ方法はなんとか考えるから、機嫌直してよ」

尻尾がさらに激しく動いている。どうも違うらしい。お尻で返事しないで欲しいと言いたいが、言えば大喧嘩するに決まっている。

「大丈夫だって、イタディスさんもイリューイリドもいるんだから」

突然イルケが起き上がった。振り返る。睨む。毎度のことながら怒っている。長い耳を伏せて僕を呪いそうな勢いで見ている。

「あんたねえ、なんだってそこであの娘の名前を出すのよ！」

意味が分からない。

勢いよくイルケは立ち上がると数歩歩いて僕を見下ろした。

「あの娘って誰のこと？」

そう言ったら、思いっきり頬を引っ張られた。頬が伸びる。伸びきっちゃう。暴れたらそっぽを向かれた。喚かれる。

「あんたね、なんでそう無自覚に口説いたり、落としたり、はねつけたりするわけ!?」

「どれもやってない！　もうなんだよ！　僕は心配してるんだよ！」

僕の方が正当な事を言ったはずなのに、イルケはちっともそれを理解していない。僕を嘘つきのような目で見ている。

「嘘ばっかり。どうせオルドネーに言われて、いやいや来たとかでしょ」

「オルドネーに言われて来たのは確かだけど、いやいやじゃなくて着替え中だったら悪いなあと思っただけだよ」

「あんたが横で寝込んでいる間に着替えてたわよ」

面白くもなさそうに、イルケはそう言った。そうなのかと想像したら、イルケが慌てて僕の想像を打ち消すように両手を振った。

「想像しないでよ！」

「そんなこと言われても」

言ったのはイルケだ。理不尽極まりない。そのまま黙っていたらイルケがそっぽを向きながら口を開いた。

「あんたを泊めてから変になったのよ。あんたがいないと寂しいとか、一日が長いとか」

言われてしばし、徐々に恥ずかしくなる。

「えっと、それはつまり、その」

「勘違いしないで、別にそういうのじゃないから」

「無自覚に口説いたり、落としたり、はねつけたりするのはどっちだって言うんだ」

睨み合った。今度という今度は僕も怒ったと思ったが、視界の端で力を無くしたイルケの尻尾を見て怒りが萎えた。イルケはずるい。怒れないじゃないか。

「怒らないでよ」

「怒ってないわよ。ただ、ちょっとわーとなって、よく分かんなくなってたまに、思ってもいない事を口に言うだけで」

それは怒っているというのではないかと思ったが、言い争ってもイルケが傷つくだけだ。人馬一般がそうであるように、丈夫で速くて強いけど、身体ほどイルケの心は強くない。むしろ弱いというか甘えん坊というか。胸があんまり育っていないと子供みたいになるのかもしれない。

つまり結論から言うと、イルケは可愛い。僕はため息をついてその手を取ろうとしてやめた。恥ずかしい。

腕を組んで横を向いた。

「とにかく方法を考えないと」

「そうね」

イルケは尻尾を激しく振った後、僕と反対方向を見た。

「まあ、座ったら。立ち話もなんだし」

そう言って自らは勢いよく座り込んだ。藁の上だった。昼間よく干してあるので嫌な湿気はない。数日前までその藁で寝込んでいたのでよく分かっている。

隣に座ろうかとして、ちょっと考え直し、僕は椅子の上に座った。それでだいたい、目線の高さは同じくらいだった。いや、少しだけ僕の方が高いかな。普段見ないイルケのつむじが見えた。

「オウメスって人と話し合いはできないの？　お兄さんでしょ」

「こんなことはイルケに言いたくはないけど、無理だよ。黒剣は小百合家とは違う」

違いすぎて、小百合家のありようがうらやましく見える。兄弟で奴隷みたいな扱いをされたくなかったし、父や兄と殺し合いをしたくはなかった。いや、もう遅いけど。

夢で見たオウメスと手を繋ぐ場面を思いだし、僕は少し身震いした。夢には重要な意味があると昔から言うらしいけど、僕はあまり信じていない。信じていないからこそ、気味が悪い。

イルケは僕の顔をじっと見ている。

「本当に勝てないの」

いい顔をしたい気もするが、嘘はつけない。

「無理だと思う。オウメスの知略は僕よりずっと上なんだよ。それにオウメスは僕のやり方をよく知っている。先生が同じだったから」

「んー、じゃあどうするの」

イルケは腕を組んで言った。

僕はため息。

「それは僕が聞きたいよ。僕が唯一オウメスの裏をかけるとすれば、それはイルケやオルドネー、イタディスさんとかの知恵だと思う。なにせ、オウメスは皆の事を知らないからね。だから皆に事情を話して意見を聞いたんだよ」

イルケは難しい顔で首を傾けた。考え込んだ様子。

「つまり私が頑張らないといけないわけね。分かったわ。大船に乗ったつもりでいて」

微笑ましい話だと頷くと、少ししてからイルケは長い耳を伏せた。

「でも、私でフランのお兄さんの裏なんてかけるの?」

自分でも分かっていたらしい。ああ、うん。

「それは分からないけど、まあでも、僕も何度か経験したけど、知略っていうのは相手も知略を使う前提だからね。頭を使わないで来られると、意外に脆(もろ)いんだよ」

そもそも長兄トウメスの使者として僕が派遣されて来たことをオウメスは承知していなかった。あの時点でオウメスはトウメスにやられた、ということになる。そのあと巧みに動いて僕にトウメスを始末させたにせよ、あの瞬間はトウメスはオウメスに勝っていた。他にも例がある。トウメスが難民街を焼いた時も、オウメスは行動できなかった。今にして思えば、あれで準備がおじゃんになって、数年動きが取れなくなっていたのではないか、とも思う。実はオウメスによるトウメス追い落としの作戦が動いていて、トウメスが逆襲したのかも。そう考えた方が、しっくりくるし、前後の会話にも合う。やはりあの時からウラミはオウメスと繋がっていたんだろう。肉体関係があったかどうかは分からないけど。まあ、ないわけがないか。オウメスだし。

いずれにせよ、最終的にはオウメスが勝った。でも瞬間瞬間ではオウメスの策が及ばない局面はあったわけだ。僕に敗れて死んだトウメスでも、それができた。ジジウム先生は少数でも三回に一回は勝つ、と言っていたけれど、それは知恵比べでもそうらしい。

それにしたって分の悪い話だが、それでも長い時間をかけて準備したオウメスの策を破るよりはずっと楽だと思う。

イルケは真面目に考えている。難しい顔をして髪を左右に揺らしながら考えるイルケの姿は可愛らしく、なんともいい匂いがしてきて少々いやらしい気分になった。

自分の卑しさに肩を落としつつ、しなやかな馬体から目を逸らして考える。

「うーん。ごめん、ヤニアの人は動かせないかも。私がこんな姿じゃなかったら、あるいは身を売ったり結婚したりしてどうにかできたかもしれないけど」

「そんなことはしないでいい！」

間髪を容れずに言ったあとで、さすがに反応が速すぎたと自分で少し反省した。あまりの速さにイルケがびっくりしている。

「それに、こんな姿、でもない。人馬って綺麗だと思うよ」

イルケが段々と顔を赤くして、しまいには肩まで赤くなった。え。いや。

「ああ、いや、変な意味じゃないよ」

「ほんとフランは神話級の特殊性癖ね。まあいいけど」

イルケはそう言ってもじもじ馬体を動かした。褒めた相手にその言葉はないだろと言い返したいが、イルケが猛烈に恥ずかしがっているのを見てしまっては、反論もできなかった。互いに黙って、互いにあらぬ方向を見た。

やっぱりイルケは僕の事が好きかもしれない。単にその結婚したいとか、それだけじゃなく。いや、希望にすがっても駄目だ。僕の出自や過去を知ったら、イルケは冷たい顔をして距離を取るだろう。仮に好意があったとしてもそれは砂浜の上の家のようなものだ。

落ち着くために深いため息をつく。イルケは深呼吸している。二人で互いを見る。

「あの」

声がかぶったことにびっくりし、同時に目を逸らして同じ壁を見た。窓が少し開いてオルドネーとイリューイリドがかぶりつきでこっちを見ていた。

イルケが即座にうろんな目つきになる。まあ、そうだよね。残念、いや、残念じゃないのか。

「オル、何してるの。イリューイリドも」

オルドネーとイリューイリドが窓の下に潜って行った。即座にイルケが立ち上がる。

「待ちなさい！」

走る。戸を蹴破る。本気になった人馬の運動力は凄まじい。オルドネーとイリューイリドは何体かの木の人形に運ばれて必死に逃げているがすぐに追いつかれた。二人して抱き合って謝っている。

人馬が一〇もいればオウメスだって撃破できそうだった。速度が異様に速いので側面にだって回り込めるし、人間が馬の背に乗るのと違って人馬は上半身の踏ん張りが利くので槍を投げるにせよ突くにせよ、強い。

しかし人馬は少ない。ヤニアに一〇もいるかどうか。戦えるくらいの人馬になるともっと少ないだろうし。唸っていたらイタディスさんが横に立った。

「イルケさまを戦わせるおつもりでしょうか」

「絶対に嫌だ。それだけは嫌だ」

「それを聞いて安心しました」

イタディスさんが涼しい顔でそう言うので、僕は夕日に照らされているイタディスさんの顔を見た。

「意外でした。イタディスさんがそんな事言うなんて」

「そうですか？　私は若様がイルケさまの姿を見た瞬間に楯を捨てて走ったり、イルケさまを逃がすために命を賭けて時間稼ぎしているところを見てしまいましたからな」

冷静に言われると恥ずかしい。将として失格だ。僕は平伏の勢いで頭を下げた。

「すみません」

「いえ。とてもよいと思います。あの時の行動は、古代の英雄、神話の神々のようでした」

「凄い怒られてますよね、僕？　そのたとえはどうなんですか」

「私は褒めております」

そうだったのか。無謀を褒められることがあるとは思っていなかった。いや、イタディスさんはそう言うけれど、反省だ。反省しよう。同じ状況になったら同じことをするだろうから、そういう状況にならないようにしたい。つまりイルケは危ないところに出さない。オルドネーも同じ。イリューイリドも可能な限り後方、できれば僕の傍に置く。これだ、これだ。本当は皆安全なところに置きたいが、何分手持ちの兵がないのでこのありさまだ。

しかし、僕が好きだというだけでイルケを安全なところに、一方イリューイリドを危険なところに置く、というのは酷い話だと思う。イリューイリドにはあとで許してもらわないといけない。

「若様」

「あ、ごめんなさい。あー。イルケを戦場に出すのは嫌だけど、人馬がもし一〇もいれば、戦いに勝てるとは思いました」

「一〇〇ではなくて一〇ですか。僅か、一〇で？」

イタディスさんはゆっくりと驚いた顔になった。

「ええ。オウメスをさっさと槍で突き殺せばいいだけなので。あれくらい、イルケくらい素早いなら、相手が布陣する前に襲っていけるかなと」

「ははぁ。戦いの様相が変わってしまいそうな話ですな。もしそれが成功したら、以後の戦いでは布陣の前に攻める、ということになるでしょう」

「そうかもしれませんけど、今勝たないと後の事を気にしても仕方ないでしょう」

「そうですな。いや、確かに」

イタディスさんは自分の頭を平手で何度か叩いた後、僕を見た。

「問題は、どう人馬を集めるかですが」

「そうだね。僕自身はイルケの他にオウメスの家庭教師だったジジウム先生しか知らない。しかし二人いるということは、もっといてもおかしくないんだ」

「それはそうです」

「イタディスさんは知りませんか。トウメスと一緒にあちこちに遠征に行ったのなら……」

イタディスさんの表情を見ただけで、あまりよろしくないのが分かった。彼は口を開いた。

「ところが多島海では人魚は多くても、人馬はとんと見ません。アトランの車の外かもしれません」

伝説では、多島海はかつて一つの大きな大陸(アトランティス)だったという。ところがこれは何かのダリスによって、沈んだ。綺麗な円の形で外縁だけ残り、車(ろくろ)として名を残すようになった。今でも名残はあって、例えば大陸競技会という運動会があったりする。

アトランの車の外、というのはジジウム先生の出身もそうだったから、そこに矛盾はなかった。ヤニアからさらに東、異民族の地からさらに東、ローク島の反対側にあるロクボロボスに港があって、そこから先に外縁まで続く海がある。

急いで車の外に出て、人馬を引き連れて戻ってこられるだろうか。いや、無理だろう。そもそもロクボロボスに着くまでに異民族の地を越えないといけない。船で沿岸を回って反対側に行く方が速いが、それにしたって七日はかかる。往復で一四日。オウメスが攻めて来るとすれば一番遅くても二〇日ほどで来るだろう。それより遅いと農作業がいち段落してヤニアも戦争するかという気になってしまう。

いい考えだと思ったが、駄目か。

いい考えだと思っていたが故に肩を落として、僕はどうしようかと空を見上げた。中庭は周囲の建物のせいで日が落ちるのが早いが、空はまだ明るい。

これは何かを意味しているのか、単にすがりたい僕の気持ちというものか。

成敗が終わってイルケが鼻息も荒くやって来た。異民族のように右手と左手にぐったりしたイリューイリドとオルドネーを抱えている。

「勝ったわ！」

勝ってどうすんのさとは思ったが、そのあたりは夢中になってイルケも忘れてしまったのだろう。やはりイルケは可愛い。人馬を探すにしてもイルケみたいに可愛い子が一杯いたら嫌だなと思ってしまった。その場合、僕は戦いに付き合わせることができないだろう。いや、できるかもしれないけど自分の良心に責められる気がする。イルケは駄目なのに他はいいのかとか心の声が聞こえてきたら嫌だ。心を司る心臓というものは時に痛くなって主人を責めるのだ。

「イルケほど速い人馬が一〇もいれば戦いに勝てるのになぁ」

そう言ったら、ぐったりしていたオルドネーが顔をあげた。

「それでしたら私でもいける気がします。鳥の姿にさえなれば、空を飛んで、こう」

「ああ、いや、速度だけでなく槍くらいは運べないと」

しかし、オルドネーの意見は重要に思えた。そうか、人馬に限らないでいいのか。そう思ったら、急に簡単なことのように思えてきた。

足の速いダリドを得ている者を選抜すればいい。昔異民族との戦争で集団戦に苦しめられて今、戦争はダリド、ダリスに頼るようなことをしないで隊列を重視するように変わっているが、再度これを変えるようにすればいい気がした。成人ともなればだいたいの市民は鏡を見てダリドを得ているものだからだ。そこから集めればいい。

腹が決まれば早いもの。僕は皆が集まっているのをいいことに、自分の考えを述べ、人を集める事にした。それにしても戦争するたびに人材を集めているのだから後手後手もいいところだ。いつかは準備万端で戦争をしてみたいところ。

いや、準備が整っているなら戦争なんか仕掛けられないか。

人材を集めたいと述べると、オルドネーとイルケは苦笑した。つい先日も同じようなことをやって人が集まらなかったので、あまり期待できないという様子だった。

「フランは本当に懲りないわね」

あげくにイルケにそんなことを言われた。

「そう言われるとぐうの音も出ないけど、ヤニアから人材を集めるのが一番早いんだよ」

反論したら、イリューイリドが手を挙げた。

「それでしたら、私に名案があります。策士イリューイリド、大活躍です！」

「いや、それはないでしょ」

イルケの言葉を、イリューイリドは無視した。

「いいえ。完璧、そして完全です。三日で十分な数を集めてさしあげましょう」

まるでイリューイリドとは思えないような力強い自信に満ちた発言に、僕たちはびっくりした。一体彼女はどんな策を立てたのだろう。

「ちなみに、どんな策だい？」

「広告を書きます」

広告とは、壁に宣伝を書くことだ。コフでもヤニアでも、業者がいてちゃんと書くことができる。書きやすい書体もある。

ヤニアの議事堂も選挙前になると選挙の宣伝で増えるのだろうか。

「そんなお金ないわよ」

イルケが言うと、イリューイリドは抱えられたまま背筋を伸ばした。

「自分でやればいいのです」

まあ、不格好ではあるだろうが、確かにそれなら煤を集めて来るだけでいい。それなら僕たちでもできる。

翌日朝から天井を掃除して煤(すす)を集め、血や脂、ハチの巣と混ぜて塗料を作った。頭の中だけの知識が、実体験となるのがとても楽しく、興奮した。オウメスと戦うとかなければ、こういうことをして得た知識を順番に試したいものだ。あ、でもジジウム先生について知識を集めたり、一日考え込んでもいいな。僕のようなひねくれ者でも、勉強は楽しい。

足場を作り、服を脱ぎ、窓にまたがって喜々として天井の煤を集めていたら、中庭で煤を混ぜるイルケに呆れられた。

イルケは裸で棒を持っている。細い腕で胸を隠しているが、隠している方がいやらしく見える気がする。イルケはなぜか、隠したりへんなところで恥ずかしがったりする。

「煤だらけになって喜ぶとか、なんなの」

奴隷みたいと言われるかなと思ったら、心臓が痛くなった。そうだ。僕の母は奴隷だ。でもこれは血筋じゃない。僕の好き勝手だ。

「なんで落ち込んだの？」

「別に、そっちはどう？」

「もうすぐ終わるわ。身体洗いたい」

「僕も洗いたい」

「こっち覗いたら、ひどいから」

そうは言っても僕は窓にいてここからだと身を清める井戸はよく見える。しかし喜んで人馬の裸体を楽しむには、さっきのやり取りの傷が深かった。奴隷なんて嫌いだと思いながら窓から降りたら、イリューイリドがやって来た。こちらはいつも通りというか、服のような全裸であった。

「そうか。イリューイリドだとわざわざ服を替えないでいいというか、服じゃないからいいんだね」

イリューイリドは目線を一度自分に落とした後、僕を見た。

「軽蔑しましたか」

「なんのこと？　便利でいいなあとは思うけど。それより見てよ、僕の格好」

僕は真っ黒だ。アトランの車を越えたところにある黒い肌の国の人たちだってここまでは黒くないだろうというありさまだった。

イリューイリドは笑顔のようなそうでないような表情。いつもなら気付かないところだが、これが悲しみの表情であることに気付いた。僕もさっき、そんな表情でイルケと話をしていたに違いないから。

どんな姿でも心臓の形は変わっていないのは、イリューイリドの顔を見れば分かる。

「イルケもイリューイリドも自分の格好を気にしてるけど、そんなに気にしないでいいんじゃないかな」

イリューイリドは僕の目を見た。

「それはフランさまが神話級の特殊性癖持ちだからです」

「僕だけじゃないと思うけど」

「私は一〇〇年生きましたが、そんなことを言われたのは二回だけです。アキレメスさまと、フランさま。以上終わり」

一〇〇年って途方もない長さは置いておいて、僕は二本指を立てた。

「二人もいるじゃないか。そのアキなんとかという人と僕」

「特定の血筋にしか出ない性癖を問題にしているのです」

アキなんとかさんは僕の血筋らしい。他都市生まれの母の血統をイリューイリドが知るわけもないから、とすれば黒剣の血筋というわけだ。そっちの血筋は僕に至るまで近親相姦に近親殺しときているから、イリューイリドが悲しい気分になるのは分かる気がする。

「まあ、そのアキなんとかさんのことはよく知らないけど。そうだね。うーん。黒剣の血筋は本当にろくでもないかなあ」

「そんなことはありません！　黒剣家を悪く言わないでください」

その反応は予想外でびっくりした。イリューイリドもしまったという顔をした後、恥ずかしそうに横を向いた。

「失礼しました。他の人ならいざ知らず、黒剣の人に言うべき言葉ではありませんでした」

「いや、僕は黒剣といっても、三男坊だし」

「アキレメスさまも三男坊でした。それはそれは立派で素敵なお方だったのです」

おそらく僕の何代か前の先祖なんだろうけど、少なくとも僕たち兄弟と父を見る限り、子孫の教育に大失敗しているのは明らかだ。あるいは三男と言っていたから跡を継げなかったのかもしれない。

しかしまあ、黒剣の血か。

思い入れのありそうなイリューイリドには悪いけど、血筋というやつは、まったくあてにならないと思う。それより教育だ。ジジウム先生の教育は確実に僕をましな方へ向かわせている。血より教育。うん。重要。

「本当の本当に素敵なお方だったのです」

僕の考えをよそに、イリューイリドは悲しそう。

「あ、うん。きっといい人馬の先生に教わったんだよ。多分だけど」

「何を言っているんです？」

うろんな目で見られてしまった。僕は頭を掻いた。

「いや、なんでもない。とにかく血筋はどうかな。そもそも性癖ってなんのこと」

「アキレメスさまも神話級の特殊性癖の方で、私だろうとなんだろうと元気になっておられました」

勃起してたのか。そうか。

期待していなかったけど期待よりはるか下で僕の先祖はろくでもなかった。しかも僕に似ているのが嫌だ。物凄く嫌だ。やはり教育だ。僕が子をなせるとは思えないけど、復讐ができて生き残りさらに子供もできたら教育だけはしっかりしよう。

イリューイリドは恥ずかしそうに僕を見上げた。いつの間にか距離が縮まっていた。

「そう、そしてそんなフランさまなら、今回の募集、必ずうまく行くはずです」

神殿や夢でなくても嫌な予感はするのだなと感心したが、イリューイリドは大変な自信でそんな事を言っている。汚れた裸で慌てて外に出て、小百合家の円形の屋敷の壁を見た。

〝変わった姿の娘さんたち、ここには居場所があります。そういう人が好きな、神話級特殊性癖の貴族の若様もいます！〟

〝絶対確実、あなたでもいける〟

真新しい塗料で、大変な悪口が大書（たいしょ）されているのを見て目が点になった。変わった姿の娘さんたちって、その時点でもう全然駄目じゃないか。僕なら激怒する。いや、そもそもなんで娘さん限定なんだよ。イリューイリドは何を考えているんだと脱力して汚い道に座り込みそうになっていると、凄い勢いで向こうから大きな娘さんが走って来た。

「こ、ここに書いてあることはほんまですか」

言葉からして遠くの都市国家、それも北の方の人らしい。感動した顔でイリューイリドの書いた文字を凝視している。大きな娘さんというより、たくましい娘さんというか、力強そうだ。似てると言えばトウメスに似ている。それもそのはず、牛のダリドの人だった。胸の大きさに目を見張りながら、自分の卑しさに悲しくなった。血筋だ。これは呪われた

黒剣の血筋なんだ。

「ほ、ほんまですか！」

「嘘じゃないですけど、悲しみを覚えました」

僕の言葉を牛娘さんは無視した。ふぉぉ、と奇声をあげるとそのまま小百合家の門に突撃していった。いやいや、まさか。こんな広告が効果あるわけない。

そう思ったら髪が蛇の人とか半分鳥の人とかワニの人とかが続々集まりだして、僕はひっくり返りそうになった。

夕暮れまでに一〇〇人を超える娘さんたちが集まって、中庭が混雑する勢いだった。

「凄い、こんなに来た！」

イルケがオルドネーと手を取って喜びあっている。いや、そういう話じゃない。

呆然とする間にイリューイリドがしたり顔で寄って来た。

「どうです、この知略の冴えを」

「いや、どうもこうも」

僕は娘さんたちを見た。娘さんたちもまた、僕を見ている。いずれも可愛らしい娘さんばかりだ。なかにはもうちょっと歳のいった人もいるけど、女性であるには違いない。

「駄目だよ、全然駄目だ」

娘さんたちに動揺が走ったが、いや、ここは退けない。

「僕は戦力を集めようとしてたんだ。それはイリューイリドだって聞いていただろう」

「でも……」

「でもも、何もない。皆可愛らしい娘さんばっかりじゃないか、全然駄目だ。こんな娘さんたちを戦場に連れて行こうなんて信じられない」

僕がいまだかつてないほど怒ってそう言うと、娘さんたちがわぁと歓声をあげて喜んだ。

僕は娘さんたちを見た。

「いや、そこは喜ぶところじゃないから」

「いえ、喜ぶところですよ。確かにここは私たちの居場所のようです」

そう言ったのは、髪が蛇になった娘さんだ。布を取って僕に頭を見せると髪代わりの蛇が威嚇（いかく）するようにうねっている。腰に剣を差しているところからして、旅の戦士のようだった。この人なら戦力になるかも。いやでも、駄目だ。

「駄目です。自分の細い腕を見てください。あなたみたいな人を戦場に出せるわけがない」

「だからですよ。若様。私のこの髪を見てなお、そう言ったのはあなただけです」

「いや、それはちゃんと口にしないだけで普通はそう思っていると思いますよ」

真面目に言ったつもりだったが、髪が蛇の娘さんは、寂しそうに笑ったあと、今度は恥ずかしそうに笑った。

「旅の剣士、ゴルゴネーと申します。あなたのために、命に懸けて戦います」

「いや、あの、僕の話聞いてました？」

返事を待つそばから、おらもおらも、私も私も、うちもうちもと大変なことになった。なんだこの流れとイリューイリドを見る。イリューイリドは頷いた。

「フランさまは、自分の魅力に気付いていないのです」

「これは魅力じゃないと思うけど」

「いいえ、魅力です。黒剣のアキレメスさまも同じでした。私たちを見て毛ほども動揺せずに女として娘として扱い、あまつさえ私たちの心配をする」

それは普通だと思ったが、イリューイリドもゴルゴネーさんもそう思っていないのは明白だった。そのままオルドネーが何食わぬ顔で受付をはじめてあっという間に一〇〇人の娘が小百合家の家臣となった。冗談のような話だ。

「お父様がいらした頃と同じくらいににぎやかになりました」

皆の宿泊の世話をしながら、オルドネーは楽し気にそう言った。

「あんたの特殊性癖も役に立つわね」

オルドネーを手伝い、寝具を運ぶイルケにそう言われる。笑って言われたのが応えた。

結局イルケは、僕が誰を愛してもどうでもいいのかもしれない。

「イルケまでそういう事言うの？」

「そういう事って何よ。別に皆と結婚しろとかじゃないから安心してもいいんじゃない？」

「そんな心配は最初からしてない！」

「じゃあ何よ」

僕は拳を握った。

「オウメスと戦うのに女の子じゃ駄目だよ。怪我したらどうするんだ」

「都市が負けて市民が奴隷になる時、最初に悲惨な目にあうのが誰か、教えましょうか」

僕の母がそうだったから、イルケに教わるまでもない。僕は怒ってイルケを睨んだ。

「そんなことくらい分かってるよ」

イルケは睨み返した。分からず屋と目が語っている。

「分かってるなら自分を守るために戦うのくらい認めてもいいでしょ」

「それはそうかもしれないけど、まだ負けると決まってないよ」

「負けるって言ってたのはあんたじゃない」

「そうだけど、嫌だよ」

イルケはオルドネーに山ほどの寝具を渡したあと、僕のところに寄って来た。背中を叩かれた。

「聞き分けが悪いなあ。小さい子じゃないんだから。ほら大丈夫、怪我しても死んでも、誰もあんたのこと恨んだりはしないわよ」

恨みとかではなく、僕が嫌なんだと言い返そうとしたら、横から声がかかった。

「今回の件で、お姉さまのようにダリドに悩まされて家でも居場所がない人が大勢いるのが分かりました。フランさま、オルドネーはお姉さまやお姉さまのような人を助けるべきと思います」

寝具に埋もれたオルドネーが、横から顔を出してそんな事を言った。面倒見がいいというか、貴族みたいだ。いや、貴族の令嬢なんだから当たり前だけど。

もともと多島海一般の都市における貴族とは、面倒見が良くて貴族になった人がほとんどだった。世襲化して階層化してしまったけど、本来は裕福な市民が隣近所や難民を世話して高貴な一族、貴族ともてはやされるようになったものだ。

いや、でもと言いかけて、イルケが怒った。僕の態度が気に入らないらしかった。

「怪我や戦死は怖くはないわ。それよりも化け物として扱われる方がずっとつらい。フランは人間の姿だからそれが分からないのよ」

「分かるもんか。だってイルケは、皆は化け物なんかじゃない」

僕はいじけた。時間もないというのに自室にこもって、いじけた。走って逃げる時にオルドネーがため息をつくのが見えた。

第三章

面談

Ta tis heauton 02

部屋の隅で膝を抱いて座り込む。煤を集めるついでに大掃除をしたので、おあつらえむきというところ。鳥の骨一つだって床には落ちていない。髪が蛇の女の人は噂では聞いていたのだけど、世をはかなんで自死したという話だった。噂なんて適当なものだ。全く信じるに値しない。

色んな考えがまとまりもなく去来して、押し流されるような感覚になる。心臓が痛い。部屋の隅でじっと耐える。イルケは何も分かっていない。いや、分かろうとしていない。

僕の母は酷い目にあっていた。バッタを食べるような生活だ。身体にはいつも痣があった。僕は自分がどんな酷い目にあっても復讐を考えれば生きてこられた。でも、自分以外は、女の子は、駄目だ。僕は耐えられそうもない。そんな考えは伝えてもいないからイルケが分かるわけもないとは思うけど、イルケには分かって欲しかった。

泣きそうになっていたら、窓からイリューイリドが入って来た。背が低いのにどうやって二階のこの場所に来たのだろうと思ったら、数体の木の人形を組み合わせて土台を作っていた。なるほど。こういうこともできるのか。この方法で外の広告を書いたのだろう。

いやでも、僕は今、いじけているんだ。

立てた膝の間に顔をうずめていたら、イリューイリドに笑われてしまった。鈴のような声でころころと笑われる。

「なんで笑うんだよ」

「好奇心が湧いて私がどうやって登って来たのか確認したあとでいじけ直していたので」

図星だった。でも僕はいじけているんだ。

イリューイリドは僕の横に座って、同じように膝を立てて座って僕の方を見ている。

「オウメスと戦うために、急いでいたのではなかったのですか」

「そうだけど、嫌なんだ」

「何が嫌なのですか」

「女の子が怪我するのが嫌だ」

イリューイリドは身体を揺らして微笑んだ。長い髪が揺れている。

「ほんとにもう、頭はいいのに、小さい子供みたいなんだから」

「小さい子供でいいよ。嫌なのは嫌だ」

イリューイリドは足の指を開いたり閉じたりして微笑んでいる。

「嫌だ嫌だと言っても、どうしようもないのは分かるでしょ」

「分かるけど」

いじける事も許されないのか。これではオウメスの玩具だった頃と同じじゃないか。

「まあでも、今日くらいは大目に見ます。少年には時にいじける事も必要でしょうから。明日朝になったら、今度は女の子が酷い目にあわないように、その力を使うべきでしょう」

「分かってるよ、そんなこと」

本当は感謝すべきことなのだろうに、僕はそんな事を言ってしまった。イリューイリドは優しく笑って僕の頭をなでた。

「分かっているのなら良いのです。フランさま、黒剣の記録（クロニカ）はまだ最初の方です。沢山の娘たちを、その手で、その知略で、救ってあげてくださいませ」

「百年でも最初の方なの？」

「いつまでも続くのがいいのです」

イリューイリドはそう言うと、今度は扉から出て行った。彼女がうまく取り成したのか、その日はもう誰も来なかった。僕は一人でいじけて、四刻ほどで戦う気になった。イリューイリドはさすが長く生きているだけあって、うまく僕を操作した気がする。いつも怒ってばかりのイルケにはできない芸当だ。いやまあ、イルケはそれでいいんだけど。

説教するでもなく時間をくれたイリューイリドに心のなかで感謝しつつ、母がいたらこんな感じなのかなと想像してみた。答えは分からないけれど、そうだといいなと思う。

まあ、朝になったら、働こう。まずは作戦の目的を変更だ。オウメスと戦って復讐するための武器としては、女の子たちは適当じゃない。遺憾ながらオウメスを殺すのは一旦放棄する。まあ、もとからイルケたちを守るために動こうと思っていたし、悔しくはない。ここに至るまで偶然に助けられながら何年も掛かった。ならばもう少し、待ってもいい。新しい目的はなんにしよう。迷うほどのことはないかな。ヤニアが陥落して奴隷になるであろう女の子たちを守る。身を寄せてきた女の子たちを守る。それでいい。その中にイルケやオルドネーもいる。

何食わぬ顔で女の子たちを連れて、いち早くオウメスに降伏するのはどうだろう。オウメスは女の子に興味がまったくないので、そういう意味では寛大に扱ってくれる可能性が高い。で、僕は逃げる。駄目だろうな。オウメスは女の子を人質にして、僕を一生支配しようとするだろう。それに、オウメスの部下が普通に女好きだったら意味がない。

しかし、コフとの戦争になれば敗戦は免れないし、これに女の子一〇〇人が加わっても戦いに勝つのは難しい。ぱっと見た感じ人馬もいなかったし、突撃奇襲作戦もできなそうだ。それにしてもダリドというのは多彩なもので、同じものが中々ない。

多彩というと聞こえはいいが、集団で使うとばらつきが大きくて使い道が少ない。個人の働きでどうにでもなった古代ならともかく、今の時代ではどの都市国家も戦争をダリドに頼ったりはしない。そういう意味ではトウメスのダリドに頼って戦争に勝とうとした父は時代錯誤の愚か者だった。

数こそ力だ。でもその数で劣っている。だから苦労するというわけ。この点、イリューイリドのダリスは便利だ。木の人形を多数自在に操れるダリスは、今の戦いによく合っている。

もっとも、イリューイリドだけで勝てるかというと、そんなことはない。木の人形は動きが遅いし、そんなに複雑なことはできない。

それでもないよりはましという事で、木の人形兵を沢山用意してみようか。どうかな。駄目な気がするな。オウメスなら当然、イリューイリド対策もしてくるだろう。基本的に人を信用しないオウメスは、イリューイリドが暗殺の任を捨てて裏切ることも当然計算しているだろう。

逆か。逆だ。オウメスがイリューイリド対策をするのが確実なら、オウメスが何をするのか、一部については事前に分かるという事だ。イリューイリドが大軍を組織するのを防ぐため、オウメスなら森に兵を置くなどやるだろう。さらに合戦場で人形兵の数を問題にしない戦いをやってくる気がする。

数を問題にしない戦いとはなにか。僕は人馬の集団を思い描いた。認めたくはないが兄弟だな、と思う。オウメスは突撃奇襲作戦をやってくる気がする。オウメスも僕もまともに戦争をやっていないから、合戦の作法にはこだわらないだろう。

となれば、開戦劈頭に背後から少数の人馬かそれに類するものが大将を取りに来る。戦いと言えば都市国家の境で起きるものだが、それをせずに移動中に仕掛けてくるはずだ。

隣都市だけあってヤニアの地形に詳しい者はオウメスの部下にいるだろうから、この試みは成功するだろう。

問題は、分かっていても対処ができない事だ。防御のために僕たちが大将を援護しやすい位置にいたとしても、敵の人馬兵を阻止するのは難しい。それぐらい人馬の動きは優れている。突撃してくる一〇人馬を一〇〇人の娘さんで阻止する、最終的にはそれしかないのだがそれが難しい。

眠れもせず朝が来た。取りあえず顔を洗おうと裸のまま扉を開けて部屋を出ると、新参の娘さんの一人、この広告は本当かと僕に声を掛けてきた牛娘さんが心配そうに廊下を往復していた。

「どうかしたんですか」

「若様、ご機嫌麗しゅう。うち、心配で心配でもーどうしていいか」

僕から見ると古風というか洗練されていない言葉遣いだが、牛娘さんからいうと僕たちの言葉が崩れているように思えるかもしれない。アトラン大陸(アトランティス)が沈んで大きな道がなくなってからというもの、各都市の方言化は著しい。文化としてのまとまりや言葉の共通化に各都市とも努力をしているが、あまりうまくはいっていない。

「何が心配だったんでしょう」

「若様がうちらが怪我するのを嫌がっていじけたいうて」

思ったよりかなり正確な情報が流れていた。恥ずかしいどころの騒ぎではない。イリューイリドの配慮に感謝したのは間違いだった。いや、間違っていないけど半分くらいは間違いだった。

「いー、いじけてはいたけど、大丈夫です。僕が皆を守ります」

同じ牛のダリドと言えど、男と女では随分違うもので、あるいはもともとの可憐さをダリドも取り去ることはできなかったのか牛娘さんは可愛い顔をしていた。目に涙を浮かべていたのでそのせいもあるかもしれない。

「この姿になって、おのこに初めてそう言われましてん」

恥ずかしそうに言われて、僕はどう言っていいのか困った。否定したいが、否定するのも悪い気がするという感じの純情可憐さだった。

ジジウム先生もこういう時なんと言えばいいのかは教えてくれなかった。僕には勉強が足りていない。

「うち、怪我しないように命がけで戦いますから、若様は心配せんと大船に乗ったつもりでおってーな」

怪我しないように命がけっておかしいですよねと言いたいが、相手が可憐だとなかなか言えないものだ。僕は頷くことしかできなかった。

気付けば廊下に沢山の娘さんがおり、水浴び前だろうと裸で歩くのがちょっと恥ずかしくなった。イルケの気持ちも分かろうというもの。それで服を着てから中庭に出て、服を脱いで水浴びすることにした。中庭にも娘さんがいて、僕の身体をまじまじと見ている。なんというか恥ずかしい。

かくなる上は急いで終わらせようと、勢いよく水を浴びていたら蛇のゴルゴネーさんが寄って来た。朝から剣かなにかの訓練だったらしい。中庭にいた一〇名ほどは女性ながら日常的に戦闘訓練を受けた戦士のようだった。人口が多い都市ではたまにいるという話だけど、普通の都市では女戦士なんかまずみられない。女性が子供を産んでくれないと早晩滅亡してしまうからだ。

ゴルゴネーさんは僕の全身を見た後、濡れた僕の顔を見た。

「あの何か」

「落ち込んでおられると聞きましたので」

「あ、その節は心配をかけました。もう大丈夫です。皆が怪我したり、酷い目にあわないよう、精一杯頑張ります」

「我々は勝手に集まって来たのですから、過分の心配はいらないと思いますが、それでも心配されるのでしょうね」

ゴルゴネーさんはため息交じりにそう言った。頭にかぶった布の下で、蛇までため息をついてうごめいているような気がする。

「心配はすると思います。誰だって」

「では、そういう時代を若様が作るのを楽しみにします」

ゴルゴネーさんはそう言って微笑むと、頭の布を取った。頭の蛇も布の下では息苦しいらしく、少々ぐったりしていた。

「私も水を浴びてもいいでしょうか」

「え、いや」

「髪が気になるなら隠します。頭を隠せば普通の人間と変わりませんが」

「いや、普通と変わらないほうが問題だと思うんですけど」

ゴルゴネーさんはそれを聞いて嬉しそうに笑った。勢いよく服を脱ぎながら、後ろにいた娘さんたちに声を掛ける。

「皆も一緒にどうだ？」

すぐに他の娘さんたちも勢いよく服を脱いで寄って来た。とっさに目を隠した。

「皆で裸ならば若様も恥ずかしくありますまい」

「いや物凄く恥ずかしいです！」

水浴びで裸なのは当然だと言われればそうなのだが、これは僕には刺激が強すぎた。目を隠さねば思わず胸に目が行ってしまう。

ゴルゴネーさんは弾んだ声で笑っている。

「見たか皆、この若様が社交辞令でなく我々を見ていることが今示されているぞ！」

なんのことと思ったが、どうやら僕の顔ではなく、ずっと下の方を見ていたようだった。

いや、元気になるだろう。しまった、顔を隠していては陰茎を隠せない。

それで急いで水浴びを終わらせると、逃げ出した。ゴルゴネーさんが嬉しそうに笑っていたのが印象的だった。

自室に戻って服を着ながら……逃げる事が優先で服を着ていなかった……僕は世界の真理に辿り着いたような気分になった。

即ち、僕が特殊性癖なのではない。皆が特殊性癖なのだ。分かったからといってどうにもなりはしないのだけど。

それにしても女体にも色々な形があるものだ。ダリドと同じか。どれも違ってどれもいい。均一に揃っていないことを嘆くのはやめよう。うん。イルケの馬体が唯一無二とすれば、それはそれでという気になった。

問題は均一でない戦力でどうやって戦うかだ。大陸競技会ではダリドによってほぼ勝敗が決まるが、戦争はそうではない。個では優れていても集団では普通の人間の集団に負ける現象が一般化していて戦争ではダリドは使えないという話になっている。だから極力ダリドやダリスを使わないのがトウメス他がやってきた今の軍事的常識だ。イタディスさんもそういう考えでやっているだろう。根底にはダリドを持たない異民族を相手に痛い目にあった過去の戦いがある。それにこりて兵制を変えたとジジウム先生は言っていた。

それを変える。長年決まっていたことを変えるなんて無謀もいいところだが、まあ、今回に限ってはオウメスの開幕突撃を阻止するだけでいいのでなんとかなる気がする。

つまり、色んなにょた……違う、ダリドを用いて勝つ。人馬が一〇人もいれば、ではなく、人馬を含めた組み合わせで勝つ。今度の戦いを戦争ではなく、大陸競技会のようにしてしまえばダリド持ちしかいない僕たちが圧倒的に有利だ。うん。問題はどんなダリドをどう組み合わせるかだな。

イリューイリドに慰められてから見事に立ち直った。今度顔を合わせたらお礼をしようと思って再度自室を出た。今度は午前の仕事のためだ。

数の勝負をやめた以上は、いかにきめ細かに個々のダリドやダリスを把握するかにかかっている。そのためには紙がいる。いつも使う書石板では余白が足りないので、巻物をつくってしまおうという考えだ。書の名前は女博誌にしよう。

手持ちのお金がないので小遣いを貰おうとオルドネーを捜す。いつもならすぐに見つかるのに今日に限って見つからない。

なかなか見つからないというかすれ違いをしていると思ったら、オルドネーは楽しそうに屋敷のあちこちを歩いて指示を出したり食事の準備をしたりしていた。見つけた時も料理の心得のある娘さんたちを率いて颯爽と歩いているところだった。

「どうされたのですか。フランさま」

「紙が欲しくて。できれば巻物になっているものが」

「まあ、それでしたら亡きお父様のものがあります。お使いください」

「いいんですか。遺品なのでは」

「使わないでしまっておいても硬くなって割れてしまいますし」

お言葉に甘えて羊皮紙(ようひし)を貰う。小刀はあるのであとは筆となる鳥の羽根がいる。これもオルドネーに貰おうかと思ったが、食材の買い出しに行くというのでついていくことにした。


自分で料理を作るのも食材買い出しに向かうのも、奴隷を飼う余裕がない比較的貧しい市民の娘さんたちだ。僕はそれぐらいがちょうどいいと思う。一緒に行く者の中に牛娘さんがいて、先導してくれた。

「市は昼前に終わってしまうんよ。だから急がないと」

牛娘さんはそう言って急いだ。裾を持ち上げて僕も急ぐ。普通急ぐときは裸になるものだが、やめた。


郊外から産物を売りに来る羊飼いや農民たちは、正午から帰り始めてしまうらしい。明るい内に夕食を取って暗くなったら寝るのだから、当然と言えば当然だ。灯りとしての油は動物由来だと臭いし煙いし、植物由来だと異様に高い。

コフでもヤニアでも太陽神は嫌われている割に、人は太陽を中心に生きている。日の出から日の入りまでを一二等分して時間としていたりする。ただこの時間というものは毎日長さがちょっとずつ変わるので灯りに不自由しない貴族ではあまり使っていなかった。長さが変わらない刻という単位で言い表すのが普通だ。

少し人の波が引いて雑然とした市の通りに入り、買い物をする。ヤニアの市場はコフよりずっと小さい。

鶏と羊を買いもとめ、香草類も買い集める。鶏の羽根は筆にいいとは言えないが、まあ、当座はこれでいいだろう。

しかし、急に食客が増えたのでかなり怪しい小百合家の家計は大変なことになっているはず。家計を立て直す算段も必要だろう。

「そういえば、名前はなんというんですか」

「うち？　うちはアリアグネちゅうねん」

「ふうん、いい名だね」

そう言うと、牛娘さん改めアリアグネさんは破顔した。嬉しかったらしい。

「うちのところ、水鏡見るとみんな牛ばっかりなんや、うちもそう」

「ふうん。そういうの珍しいね。兄弟姉妹でも違うのが普通なんだけど」

「そやそや、それでおとうちゃんも、一人くらいは別のが出るんじゃないかと兄弟姉妹で合わせて一二人ためしたんやけど、全部牛やねん。うちは牛になるからいややーかんにんやー言うたんやけど、今度は大当たりや！　とか言うてなー」

何が大当たりなのかはさっぱり分からないが、市民で怪力と言ってもあんまり仕事はないのかもしれない。そう考えるとトウメスはあれで成功した部類なのかも。

「それでこっちに？」

「せや。こっちなら力仕事や乳仕事もあると思って、親戚頼りに来たら牛は親戚じゃありませんとか言われてうち、悲しゅうてピッタも喉を通らんかってん」

なるほど。最近は婚姻に問題があるからと言って娘に水鏡を見せる事は少ないというけど、貧しい家だと珍しいダリドや有用なダリドを目当てに試す者が多いらしい。それで行き場を無くす娘さんがいるのだから、酷い話だ。

「困ったものだね」

「そう言うてくれたん、若様だけや」

そういう話ばかりを聞く。やっぱり特殊性癖なのは世の中だろう。

アリアグネさんはトウメスほどではないにせよ怪力だった。驚くべき量のあれやそれやをひとまとめにして平気な顔で運んでいる。これだけ力があれば槍も遠くまで投げられるだろうし、普通の人が扱えないような楯だって使えるに違いない。人馬と比べれば脚が遅いかもしれないが、特長をきちんと用いれば戦士数名以上の仕事だってできるだろう。問題は組み合わせというやつだ。

やはり、そして早急に個々の娘さんたちの個性というかダリドやダリスを把握すべきだろう。ここから先は時間との競争だな。

横を見ればアリアグネさんは顔が赤い。照れているのは明白だが、なんで照れているのかは分からない。僕はちゃんと服着てるし。

「どうしたの」

「おのこと一緒に歩くなんて、一生できんと思うとったんよ」

「そのうち僕がそれを普通にします」

奴隷解放とか難民に仕事をとかいうと難しい顔をする人々も、娘さんに親切にするという点では合意する気がする。戦争と同じだ。堅陣に突っ込むと被害も出るし時間もかかる。迂回しても速度が速ければいい。母のような人をなくす。それで母が生き返るわけでもないが、復讐の他に僕ができる事はそれぐらいしかない。

それと、明日からイタディスさんと訓練しよう。娘さんが戦って僕が戦わないというのは道理にもとる。

帰ってすぐに勝手口に近い領主の執務室に入り、筆で皆の名と能力性格や姿形、嗜好などを巻物に書くことにした。ジジウム先生が色んな物を記録した多数の巻物を持っていたが、あれと同じものだ。色んな娘さんを書くので女博誌という名前にしようと思ったが、なんだかいやらしい気もしたので小百合のクロニカとした。

巻物を書くと想像するだけで、わくわくする。自分が学者かその助手になった感じでとても楽しい。いつかはジジウム先生に見せて褒められたいものだ。

さしあたって性格を把握しているイルケを書いて、一人で微笑む。寂しがり屋と書いたら彼女の事が心配になった。いや、そうでもないかな。彼女からすれば仲間も増えたろうし、心安らぐ気がする。

そのままオルドネー、イリューイリドと書いて、戦争に必要な事項が多岐(たき)に亘(わた)ることを理解した後、少し書式を変えて皆を呼び、順番に面談をして書いていくことにした。あまり仲良くもないので見栄とか、恥ずかしさとか嘘とか混じって正確な内容にはならないだろうが、それらはまた別途書いていけばいいだろう。

ゴルゴネーさんを呼んで話を聞く。なぜかゴルゴネーさんは大変な緊張をしていて、椅子に座ったままひっくり返りそうな感じだった。

「どうしたんですか」

「いえ、記録されているのを見て、ああ、この人は本当に貴族の若様なのだなと思い、それで緊張しました。こういう姿になる前、父が陳情に貴族を訪ねて行く際に私もついていったものです」

子供を連れるというのは貴族に対する市民の知恵だった。子供を前に声を荒らげたりはしないだろうということで、近所から子供を借りてきてでもやることがある。もっとも、父はめぼしい女がいたらそのまま寝室に連れて行くような人だったから、黒剣家にはない話だった。

「なるほど。でも貴族も市民も同じようなものですよ」

「小さい時に会った貴族も、同じような事を言っていました。ただ少しだけ面倒見がいいだけ、とも」

それは貴族の市民に対する知恵というか、いかに支持者を増やすかの術の一つである。オウメスがジジウム先生の授業全部に僕を同席させていた関係で、僕もそういうのを身につけてはいた。自分でやるとは思っていなかったが。

一転してたどたどしくなったというか、小さい頃貴族の家に行って余程何かの経験をしたのか、ゴルゴネーさんは頭の蛇が踊りだすほど緊張していた。小さくなって椅子に座っている様子を見ると、とても可愛らしく見えた。目の合った蛇が頷いているように見えるのは気のせいか。

「わ、私から話を聞いてどうするのでしょう」

「戦いは避けられないにしても、できれば怪我なくうまく戦わないといけません。そのために話を伺おうと思いました」

「はあ、普通ならば中庭で競技会などを開いて腕を見ると思いますが」

ゴルゴネーさんとしては、そっちでならうまくやれると思っているようだった。僕もあまり緊張させるのは心苦しいと思うのだが、普通とは違う戦争をしないといけないのだから仕方がない。そもそも皆が一緒の訓練の中で個性を見出すのは難しい。

ダリドやダリスに頼る戦いをすると決めた以上は、これは必要なことだ。

「普通にやっても勝てない相手なのです」

「戦いの指揮を執られる方がそう言うと、衝撃ですね」

ゴルゴネーさんはそう言いながら、少し緊張を解いたようだった。頭の蛇たちはよく分かっていなそうな顔をしていたけれど。

「勝てないと言われたら部下は逃げるでしょう」

「嘘をついても仕方ないし、本当に負けそうなら僕は皆を連れて逃げ出したいです」

ゴルゴネーさんは苦笑した。

「都市から離れて人は生きてはいけません。奴隷の方がまだまし、と思うのではありませんか」

「そうですね。僕もそう思います。なので、逃げるより戦う方を優先して考えているわけです。それで、ゴルゴネーさんはどんなダリスを持っているんですか」

「ダリス、ですか。そうですね。戦争にはなんの役にも立たないのですが」

ゴルゴネーさんは怖い顔をしてみせた。頭の蛇も口を開けて威嚇の声を上げている。僕は頭を掻いた。

「ええと、それが？」

ゴルゴネーさんは表情を戻して恥ずかしそうにした。

「そう言われてしまうとなんというか、困ってしまうのですが、さっきのように凄んでみせると屈強な戦士でも動きが止まって、石のようになってしまうのです。一対一での戦いではこれで、何度も命を救われました」

なるほど。

「本当に、その、力はあるのですよ!?」

ゴルゴネーさんは頭の蛇をぐねぐねさせながら言った。僕は頷いた。

「信じます。僕には分からないけど」

「信じるのですか!?」

僕はペン先を小刀で整えた。鶏の羽根は弱くて頻繁に切らないといけない。

「えっと、信じて欲しいんですか、嘘と決めつけて欲しいんですか」

僕の目をじっと見た後、ゴルゴネーさんは下を向いた。恥ずかしそう。裸を見せるのにはなんの抵抗もない人なのに、これで恥ずかしがるというのが僕にはよく分からなかった。やっぱり特殊性癖なのは僕じゃないと思う。いやでも、これはこれで可愛い。

「信じて欲しいのですが、あまりにあっさりしていたので、取り乱してしまいました。すみません」

「いえ。気持ちは分かります」

「分かるのですか！」

一々反応が面白い人だ。僕はちょっといい気になって、説明することにした。

「はい。僕も疑り深いので。僕がゴルゴネーさんの話を信じる気になったのはその腕です。その細腕でどうやって旅の戦士などできるのだろうかと思っていたんですけど、そういう力があるというのなら、納得できます」

「若様より力はあると思います」

なんだか傷ついた顔でゴルゴネーさんはそう言った。僕は頷いた。

「それも疑ってません。大丈夫です。でもその能力が戦争に使えないというのは、どういうことでしょう。集団戦や乱戦でも使えると思うんですけど」

「それが……味方も逃げ出すので」

それで一人で戦う護衛などの仕事はできるが、集団戦で戦うことはできずに食いはぐれることも多かったとのこと。

「じゃあ、僕と組んで戦う分には問題なさそうですね。ゴルゴネーさんが敵を石にしている間に僕も戦えば、今までの二倍どころではない敵を倒せますよ。攻撃にも防御にも使える、とても素敵なダリスだと思います」

ゴルゴネーさんは恥ずかしそうに椅子の上で足を振った後、小さく頷いた。

「それは、随分と特殊性癖なお言葉のように思えます。神話級というかなんというか。私は蛇なのですが、いえ、でも、分かりました。命を懸けてお傍に仕えます」

「いやいや、僕が死にそうなら逃げていいですから」

「いえ、一緒に死にます」

恥ずかしそうだが本気で言っていそうだ。これは中々難しい。逃げてくれる方が心置きなく使いやすいのだけれど、まあ、そのうち僕の考えも分かってもらう他ない。

続いてやってきた娘さんは、娘さんではなかった。髪の短い男の子で、僕より少し年下に見えた。よかった、友達になれそうな子もいるとちょっと嬉しい。

男の子も嬉しそうだ。興味深そうに部屋のあちこちを見るあたり落ち着きがない感じで好ましい。何が好ましいかと言えば、僕もよくそれで怒られていたからだ。きっとこの子もあちこちから怒られているに違いない。

「名前はなんていうんだい？」

「アルテです。若様」

「女の子みたいな名前だね」

アルテはむっとした顔をすると、すぐ服を脱いで椅子の上に立って僕を指さした。

「僕のどこが男だって言うんだ！」

ついてないだけじゃないかと思ったが、本人としては娘さんを自称したいらしい。

「女の子として見られたいなら、そういうことはやらないほうがいいと思うよ」

「脱ぐのは市民の自由だ！」

「そりゃそうだけどね」

僕は苦笑した。アルテは唸って僕を睨んでいるが、肩を落とした。

「ここでなら、誰でもイケるって話だったのに」

「アルテはどんな風になりたいんだい」

そう尋ねると、アルテは睨んでいたことも忘れて再び椅子の上に乗って僕を指さした。

「よく聞いてくれました。僕が言う事をよく覚えておいてくれたまえよ。僕の夢は女優として舞台に立つことさ！　こんな感じでこんな風に。しかし与えられる役ときたら失礼なことに男役ばかり、しまいには僕が言う事を聞かないと座長も父親もキレて今は天涯孤独の身の上さ、さあここからが本番だよ。失意の僕の目に入ったのは……」

「役者になりたい。女優にね。うん。分かった」

アルテは演技の手を止めて僕の顔をまじまじと見た。

「え？」

「ごめん、今の反応は分からない」

「おっと失礼。僕とした事が演技を忘れていたようだ。僕が驚いたこと、それは！　若様、君が真面目に僕の話を聞いていることだ！」

「君は不真面目なのかい」

「いや、もの凄く、至って、考えうる限り最高に真面目だ。でも、その、初めて真面目に話を聞いてもらえているので正直に言うと、もの凄く動揺している。胸の音が聞こえそうだよ。耳を傾けてみないかい」

僕は耳の代わりに笑顔を向けた。そう、僕が子供のころに欲しかった笑顔。こういう笑顔を向けられたら僕もここまではひねくれなかったと思うような、そんな笑顔だ。

アルテは顔を真っ赤にして目線を逸らした。

「随分と女の扱いに慣れているようだ。これは警戒しないといけない。それで、僕に何をさせようっていうんだい。夜伽かい、言っておくが」

僕は話を遮った。彼女は話が長そうで、僕は時間に余裕がない。

「いや、何をしてもらうにしても、アルテのことをよく分かってないとね。できれば向いていることをやってもらいたい」

「僕は役者だ、なんでもできるさ」

「そうだけど、やりたくないことだってあるだろうし、気持ちとは別に身体が駄目だってこともあるよね」

アルテは目を逸らした後、小さい声で言った。

「それじゃあ言うけど、僕のダリスはとんでもないハズレなんだ。だから、あんまり役に立たないかもしれない」

「どんなダリスか、よかったら教えてもらえる？」

「本当にくだらないやつなんだよ。君は僕を軽蔑するかもしれない」

「大丈夫だって、僕は水鏡を見ても姿変わらなかったくらいだから」

アルテの姿が忽然と消えた。おお。

「凄いじゃないか」

「いや！　凄くないんだ！」

足元から声。元から小さいのにさらに小さく、それこそ親指くらいの大きさのアルテが立って僕を見上げている。昆虫の羽が背から生えているようだ。セミのように見えはするが、トンボかもしれない。透き通った四枚の羽だ。

「こういうことさ。さあ、笑ってくれ。これじゃどんな観客だってがっかりしてしまう。僕は目が光るとか背中が光るとかそういうダリスが欲しかったんだけど、神々のいたずらでこの通りさ。さあ、煮るなり焼くなり好きにしてくれ、一口で踊り食いだってありさ」

いやいや。何を言っているんだろう。

「凄いと思うよ」

「え」

「凄いダリドだし、有用なダリスだ。僕はこれまでそういうのを見たこともないし、価値は計り知れないと思う」

噂にも聞いたことがないから、オウメスの裏を搔くこともできるだろう。これだ。これだ。

アルテは僕の周囲を凄い勢いで飛びながら喚いた。よく動くせいで聞き取りにくい。

「なんて言ってるの？」

「若様はどういう特殊性癖なんだよ。まさかこのダリドを褒められるなんてね！」

「元の姿に戻ったら？　その姿だと、声が嗄れてしまう」

「それもそうだね」

アルテは元に戻った。お尻だけは、ちょっと女の子っぽいが、正直、イルケの方が見応えがあると思う。

アルテは恥ずかしそうにお尻を隠した。

「よしてくれ、男じゃないんだから。なんでもするとは言ったけど、夜伽で男役はやりたくない」

「ああ、ごめん、それどころじゃなかった。君のダリドを見て色々夢が広がっていたんだ」

「ど、どういう特殊性癖？」

「いや、性癖の話ではなく」

小さい姿で侵入して元の姿に戻って暗殺。いや、でもこんな子にそんな役はさせたくないな。なまじ凄いダリドなだけに、悪い事をさせそうな自分が怖い。それではオウメスと変わらない。本人のことを第一に考えながらやっていこう。そんなことを考えられる立場かとは自分でも思うのだが、オウメスに殺されてもオウメスみたいにはなりたくない。

アルテが恥ずかしそうに去って行ったあと、おそるおそるやってきたのは牛娘のアリアグネさんだった。アルテが絶壁ならアリアグネさんはアトラン山脈だった。いや、それはともかく。

アリアグネさんとは仲良くなったつもりだったが、貴族の執務室はちょっと珍しいらしい。赤い顔料で描かれた壁画に見入っている。赤い色が好きなのかもしれない。

「えーと、アリアグネさんのダリスはさっきの買い物で見たので大丈夫かな」

「み、見え、とったん?」

「ええ。死んだ僕の兄も牛のダリドだったんで、少しは慣れていると思うんですが」

死んだというより殺したのは僕だけど、とは言わなかった。アリアグネさんを怖がらせるのは嫌だ。

怖がらせるのは嫌、か。祖父、父、兄と死なせておいてよく言うよ、と自嘲しつつアリアグネさんを見る。アリアグネさんは、死にそうな顔をしている。

「せ、せやかて、うち、あんなん見られたらもうお嫁いけへん」

「いやいや、怪力、いいじゃないですか」

「怪力じゃなくて……」

アリアグネさんは何か訴えかけているが、僕には分からない。

「その、あんな、あんな、ドン引きとかせえへんで聞いて欲しいんやけど、うち別に子供とかおらんのやけど、新品未開封埃かぶって一六年なんやけど、その、ものごっつう牛乳出るねん。それがうちの本当のダリス……」

「なるほど」

さっぱり分からない。ものごっつう牛乳が出るとはなんだろう。そもそも、ものごっつうとはなんなんだろう。

「ドン引きしてるよね……ええわ、分かっとった」

アリアグネさんは出て行きそうだった。僕は慌てて手を取った。

「いやドン引きっていうのが何を意味するのかは分かりませんけど、疑ってはないですよ」

アリアグネさんは涙目だ。

「気持ち悪いとか汚いとか。でも、出したくて出しとうわけやないねん。あと朝しっかり出してるし。だから漏れたりせえへんと思……」

言葉にならない様子。僕は頭を掻いた。牛乳が出るとはなんだろうかと思ったが、どうやらお産を経験していないのに母乳が出るらしい。

「いや、別に。気にしないでも。男でも乳が出る人はいるって巻物にもありましたし」

老齢の男で乳房が形成されている場合、あまり寿命は残されてないとも書いてあった。

しかし、お産をしていないのに母乳かぁ。牛もお産のあとでないと乳が出てこないはずだから、病気を疑うべきか、ダリドやダリスのでたらめな効果によるものか、迷うところだ。

まあ、巻物の記述が絶対ではないし、アリアグネさんは老齢でもないし男性でもないから病気、というわけでもないだろうけど。

「うちを、うちを疑ってる?」

「いえ。どんなダリドでも乳房はあると聞いたことがあります。ダリドを得た哺乳類は皆そうだとジジウム先生……僕の家庭教師は言っていました」

正確には子に乳を与えて臍の緒があるものが哺乳類で、哺乳類が皆そうだというより、そういう特徴があるのを哺乳類と呼びましょうという話だった。なので海にはよくいるイルカも哺乳類だ。ダリドを得てもこの部分は変わらない。人が魚や鳥のダリドを得ても胸はなくならないし、生えているものは生えている。

だからどうした、という話でもないが、ジジウム先生はおそらく哺乳類の元は人間だとおっしゃっていた。恐ろしい事に牛も馬も、元は人間でダリドが牛や馬なのでは、という。

その話を聞いて以来、僕は肉料理が苦手だ。鳥と魚ばかりを食べている。オウメスはちっとも気にしていなかったけど。

「お腹を壊す人もいるけど、健康にいいと評判だったんよ」

いや、お腹を壊している人がいる時点で駄目じゃないかと思ったけど、本人は気にしていなそうだった。それどころかお金に困って山羊の乳と偽って売っていたことがあるらしい。それが村人にばれて、家族離散で今に至る、とも。いっそ嘘をつかないでもよかったのではないかと思うが、まあ、母乳とは認めたくなくて牛乳と言っているくらいだ。嫌だったのだろう。

しかし。この情報こそは戦争の役には立たないなあ。いや、いいけど。なんでも戦争の役に立てようという考えがあさましいんだ。

皆の情報を書き留めていくのはいいが、存外に時間がかかる。もう日暮れになってしまう。いかに窓が大きかろうと書き物をするのは難しい。寝る時間だ。

寝ようと廊下を歩いていたら、裸の娘さんたちが一杯いて驚いた。廊下で寝るのだという。奴隷じゃあるまいし、と思ったが、中庭で寝るよりはいいという判断だった。広い部屋で一人僕が寝るのも悪い気がした。

悪い気でいたせいか、悪い夢を見る。恋人のごとく、オウメスと抱き合う夢だ。起きている時は想像するだけで色々思いだして寒気がするわ吐き気がするわで大変なのに、夢では心地よかったのが、変だった。夢は本当を映すとかいうけど、僕は心のどこかでオウメスを……いや、気持ち悪い。いいぞ、ちゃんと鳥肌が出た。オウメスへの復讐のために生きているのに、変な夢ばかりを見る。

いやまあ、今回は遺憾ながらオウメスを殺すのは諦めているんだけど、やっぱり何もかも忘れて素直にオウメス暗殺といこうかな。アルテさえいればどうにかなる。

いや。僕の個人的な恨みに女の子を巻き込んじゃいけない。復讐のために生きているのは確かだけど、イルケは守りたい。いや、今となっては娘さんたちを守りたい。

寝ころんで天井を見る。イルケの顔が見たい。一日見ていないだけなのに、そんな気分になった。あの人馬はずるい。人間にない尻尾なんか振るから僕まで寂しくなった。八つ当たりだけど。

次に来たのは巻き毛の女の子だった。名前はアフロスという。割と幼めの外見にこのあたりでは珍しい赤毛だった。そばかすとえへらという笑顔が可愛らしい。

元気なのが取り柄だと言うが、イルケやアルテほどではなかった。というか、あの子たちは元気が過剰なんだろう。

「ダリドはどんなのだい？」

「液状のなにかです。若様！」

手をあげてアフロスさんは言った。

「液状のなにかって」

「液状のなにかです」

見る間にアフロスさんは溶け落ちてねばねばする液体になった。そのまま動いて来るのがちょっと怖い。僕の脚を包み込んで二つに分かれ、また一つになって上半身だけ人間の姿に戻った。

「こういうものです！」

「確かに液状のなにかだね」

他に言いようがない。彼女自身は一獲千金、人生大逆転を狙って水鏡を見たそうだが、まったくの空振りだったという。

「液状のなにかじゃさすがに駄目です。とほほー」

椅子に座り直してそう言った姿は可愛いと思うのだけど。まあでも、そこは水鏡を見なくてもそうだったのかな。

「まあ、使い方次第かな。ところでダリドはともかくダリスはどうだい？」

「それがダリドよりひどくて」

「はぁ」

「手から泡が出ます」

ぶくぶくとアフロスさんは手から泡を出した。割れるとぬめぬめしてちょっとあれだ。

さすがにこれは使い道が思いつかない。

ところが面談のあと手を洗ったら、思った以上に手が綺麗になったことに気付いた。戦いの役には立たないだろうけど、これはこれで凄い気がする。

面談が終わり、ほっと一息ついたところで窓から入ってくる娘さんがいた。まだ人がいたのかとか、そこは扉を開けてきて欲しかったとか思いつつ、観察する。今度の娘さんは半人半鳥、いわゆるハルピュイアでオルドネーのような姿を変えられるような人とはまた違う空を飛ぶ娘さんだった。

鳥の足を持つためだろう、その大きさは僕の腰ほどしかない。それでいて上半身は完全に娘さんのそれだった。腕が翼になっており、身だしなみを整えるのは大変そう。半人半鳥は小汚いと言われるが、腕が自由に使えぬのではそれもまた仕方のない事のように思えた。鳥のように嘴があるわけでもないし。

「はいはーい。面談はここでいいんだよね？」

半人半鳥の娘さんは手というか翼を挙げてそう言った。僕は頷き、娘さんの顔を見た。その身体では色々大変な事も多いだろうに、そういうところを微塵も感じさせない軽さがあった。僕は好きだな。こういうの。髪が跳ねているのは致し方ない。

「名前はなんというんですか」

「はいはーい。パラスでーす。ダリドは見ての通りかな。物を書いたりはできないけど、結構遠くまで飛べるんだよ」

僕は頷きながら書き留めた。

「パラスはぁ、誰かの役に立ちたくてやってきました！」

「それは珍しい動機だね。でも、とても嬉しい」

「そうですか？　えへへ。パラスは普段から沢山人の世話になっているので、お返しがしたいのです」

身だしなみを整えるにも人の助けがいるとなれば、確かにそういう気持ちになるだろう。そこで投げやりになっていないところが良いところだ。

「なるほど。ありがとう。よろしくお願いします」

パラスさんは嬉しそうに笑ったあと、すぐに顔を曇らせた。

「どうしたの」

「実はパラスには罪深いところがあって……」

罪深いのとは随分縁遠そうな顔をしているのだけど、そうなのかと待っていたら、パラスさんはおずおずと口を開いた。

「実はパラス、卵料理が大好きなの」

なるほど。罪深い。

しかし、面談をすすめたが不思議なことに人魚がいない。他は一通りいるのに海の生き物のダリドの娘さんが一人もいなかった。

ぼやいたらイルケからバカを見るような目で見られた。

「当たり前でしょ」

「そうかな」

「そうなの。人魚が地上を歩くわけないじゃない」

言われてみれば、確かにその通りだ。しかし、ここまで個性豊かなダリドが集まってきた以上、人魚がいないのは寂しい。それで僕は伝令を送って広告と同じことを海の娘さんたちに伝えることにした。といっても、こっちに来られないだろうし、どう使うかは他の娘さんたちより難しい。


翌日も朝から娘さんたちから話を聞きながら、オルドネーに僕に割り当てられている部屋を返上すると申し出る機会をうかがった。ちょっとは丈夫な僕こそ廊下で寝るべきだろう。いや、イタディスさんと同室になればいいのか。イタディスさんが嫌がらなければそうしよう、そうしよう。

ところが人が増えて仕事も増えると、なかなか顔を合わせる機会がないもので、イルケにもオルドネーにも会わないまま時間が過ぎた。こうなれば夕食で皆集まる時を狙うしかない。

前日の昼から何も食べていないのでお腹が空いた。とはいえ、小さい時から割と空きっ腹には慣れているのでどうという事はない。なのだが、腹をさすりながら歩いていたら牛娘のアリアグネさんが慌てて走って来た。腹痛に見えたのか。

「もしかして、お腹空いてしもうとるん」

「ええ、まあ、はい」

でももう少しで夕食なのでと言いかけたら、アリアグネさんは力強く拳を握って僕を見た。

「ちょっと待っててーな」

いや、彼女の場合、それは、良くない。というか、母以外の乳を、いや、駄目と思っていたらアリアグネさんはどこからか小ぶりの壺を持ってきた。

「食べ物や」

「ありがとうございます?」

ちょっと残念な気もするが、まあその、彼女の牛乳だったらどういう顔をして飲めばいいのか、いや飲むかどうかで物凄く迷ったろうから、ちょうどよかった。

「栄養は満点なんや、たまにお腹壊すけど」

アリアグネさんに言われて、あれ、やっぱり彼女の牛乳なのかと、心がざわめいた。どうせなら直接飲ま、いやいやいや。はしたないとオルドネーに怒られる。

少々生温かい壺を抱えて食堂に行く。小百合家の私的な食堂は小さくて、黒剣家とはえらい違いだ。床一面に食べ物の絵が描いてあるのが面白い。黒剣の食堂には何もなかった。たまに手足を折られたどこかの元姫君が転がされていたくらいだ。思いだしただけで母を思いだして腹が立つ。呪われた特殊性癖の血筋め。

早めに食堂に着いたつもりが、僕が一番あとだったのは、アリアグネさんとやり取りしていたせいだろう。皆長椅子に座っているが、イルケだけは背中を向けて床に座っていた。長大な馬体のせいで離れているように見えてしまう。というか、なんで背を向けているんだろう。

「なんでイルケは背中を向けているの」

誰に対してでもなくそう尋ねたら、オルドネーが肩をすくめた。

「お姉さま本人にも原因は分かってないようですから、どうしようもありません」

「イルケの顔を見たかったんだけど」

そう言ったら、イルケの尻尾が縦に揺れた。何が言いたいのかは分からない。

「はぁ？」

あげくにそんな事を言って僕の方を見た。睨んでいる。怒っている。原因不明と言っていた割に、明確な非難を感じるんだけども。

「原因、分からないんじゃなかったの？」

イルケは歯を見せて僕を威嚇した後、背を向けて食事を始めた。

なんだよその態度。今度という今度は怒る理由が分からないぞ。思った瞬間に僕とゴルゴネーさんたちが水浴びしているのを見たのかもしれないと思った。まあうん。運動の時に服を脱ぐのを恥ずかしいとか言う彼女なら、あれを見て機嫌を害してもおかしくはない。恥ずかしいというのは病気と同じで移るのか、今じゃ僕も一緒に水浴びするのを恥ずかしいと思ってしまった。ひょっとしたら恥ずかしいというのは時代によって移り変わるものかもしれない。過去や未来の恥ずかしいはどうなのかと考えそうになって、オルドネーに袖を引っ張られて我に返った。

参ったなあ。ごめんと言うのもなんか違う気がするし、そもそも人が増えて喜んでいたのはイルケだ。まったくもう。

作法としてはあまり正しくないのだが、食事を始める前に実務的な話をすることにした。

「イルケ、オルドネー。僕の部屋の事なんだけど、娘さんたちが廊下で寝るのは悪い気がするから僕の部屋をあげてくれないかな」

イルケが振り向いて僕を睨んだ。

「はぁ？　それであんたはどこで寝るわけ？　まさか野放し？」

「野放しってなんだよ野放しって、僕を獣みたいに」

「獣も同然よ。なによ今日は、とっかえひっかえ女の子を執務室に連れ込んで」

「話を聞いてたんだよ。戦力の把握だ！」

僕の言葉を聞いてイルケは立ち上がり、向きを変えて僕を見下ろした。半眼だった。

「女の子と水浴びして喜んでたくせに」

やっぱり見ていたか。

「色んなことがイルケの心の中で結びついて、壮大な物語になっているらしいことは分かった。でも、完全に誤解だ。僕はイルケが考えているようなことは絶対にしない」

「そう言いながら身体は反応してたじゃない」

「反応はしても、そういうことはしない」

僕とイルケは睨みあった。オルドネーは素知らぬ顔で、イリューイリドは右往左往している。

イルケは僕を見下ろしながら口を開いた。

「凄い自信ね」

僕はため息、こんなことは言いたくなかったけど仕方ない。

「僕の父親はイルケが言うような人でね。それこそ仕事そっちのけで女をとっかえひっかえしていた。あまつさえ女を略取するために戦争だってやるような人だった。僕はそんな父が大嫌いだ。だからやらない。僕が僕の嫌いな奴の真似をするわけがない」

イルケは黙った後、耳を垂れた。

「ごめん。私、酷い事言ってた」

「泣きそうな顔しないでも。まあ、そういうわけで女の子には親切にしたいんだ」

「それで私たちを助けたのですね」

オルドネーは納得の表情。いや、怒り狂ったトウメスに追われたという成り行きもあったというのが正直なところだが、まあ、根っこには母の事があるのかもしれない。

「それだけが理由ってわけでもないけどね。ともかく、僕の事情は言ったとおりだ。できれば女の子たちを部屋に入れてあげたい」

「フランさまを廊下で寝かせられるわけがないでしょう」

オルドネーはそう言うと、長椅子に横になって食事しながらしばし考えた。

「でも、フランさまが言い出したら断固としてやる性格であることも知っています。フランさまは私の部屋で……」

「ちょ、オル！」

「そして中庭で私がお姉さまと一緒に眠れば。って、私がそんなはしたない事言うわけないでしょう」

それは僕も思った。イルケは唸る。

「駄目よ。貴族が中庭の馬小屋で寝てるなんて、とてもじゃないけど街の風聞に耐えられない。貴族にとって風聞は最大の財産よ。人が増えたという事は外に話が流れるということでもあるわ。それは許されない」

実際の財産より噂、風聞や体面をはるかに大事にするのが貴族というものだ。財産は支持者が沢山いれば戦争という形で簡単に作れるけど、財産で支持者を買うのは高くつく。小百合家の再興を願えば良い噂や体面は確保しておきたいところだ。

しかし、部屋の移動ができるとなれば、僕の知恵も役に立ちそうなものだ。

「じゃあ、イルケがオルドネーと一緒にオルドネーの部屋で寝て、僕がイルケの小屋で寝るのは？」

「私が駄目」

イルケは面白くなさそうに言った。自分の馬体を見て、悔しそうな顔をする。

「この姿じゃ、人間の部屋で休めない」

一緒にできるのは食事までということか。まあ、確かに形が違う以上は、どうしようもない。

イタディスさんが仕方ないですなと口を開こうとするより早く、思いつめた顔のイルケが口を開いた。

「元はといえば皆私が悪いのだもの、私が責任をとります。フランは私の小屋で寝ればいい。どうせ看病している間、ずっと一緒だったし」

僕が反応するよりさきにオルドネーが口を開いた。

「お姉さま、看病は美談ですが同衾は貴族の令嬢にとって致命的な噂になりえます」

「私はもう貴族の令嬢じゃない。中庭の馬小屋に住むお姫様なんていない」

イルケの言葉にオルドネーが言いよどんだ。すぐ否定できればよかったのだが、確かにそうだと思うところが、僕にも、オルドネーにもあった。

いや、違うかな。僕の場合、奴隷が母の僕と、釣り合うんじゃないかと思ったところがある。酷い話だ。自分が嫌になる。いや、それよりも嫌なのは、僕が元気になってしまったことだった。さりげなく隠そうともぞもぞしていたら、オルドネーとイルケに、見られた。

「お姉さま、危険です」

「べ、別に。いいわよそれぐらい。言うても私、馬よ。馬と過ちなんかあるわけないでしょ」

「物凄く起こりそうです」

これは自然現象だという言い訳を言う暇もない姉妹の会話に、僕は恥ずかしさで死にたくなった。こんなことで反応してしまうとは情けない。イリューイリドが苦笑して僕の頭を撫でているのが、さらに追い打ちになった。

「まあ、さておき、コフの動きはどうですかな」

イタディスさんの助け船は、あまりに弱く、姉妹の言い合いを止める事ができていない。

僕は手を振った。このまま僕がいかに危険かをオルドネーが説くのを聞いていられなかったし、それをイルケの耳に入れるのも嫌だった。僕の自尊心は、ボロボロだけど、さらにボロボロになるわけにはいかなかった。

「ごめん。僕が寝るところの話がこんなに紛糾するとは思わなかった。コフの動きが知りたい」

コフの様子を探るのは鳥の姿になれるオルドネーの役目だった。オルドネーは取っ組み合いの喧嘩をやめて服の裾を直し、そうですねと唇の下に指をあてた。

「おおよそはフランさまの言ったとおりです。コフとヤニアの交渉は不調に終わっています。早晩また戦争になるでしょう。ただ、コフの市民兵は動員されていませんでしたから、戦争になると言っても、相当の時間はかかるのでは……」

そんなわけがないと言いかけたが、僕がそう言っても見たままを喋ったオルドネーは困ってしまうだけだろう。しかし、兵を動員しないとは、どういうことだ。

僕が黙り込んだのに合わせて、皆も黙り込んだ。沈黙に耐えかねて、イルケが手を振った。

「すぐ戦争にならないっていうのはいい事じゃないの？　ヤニア海軍から陸戦用に兵を動かすって話だし」

いや、これは罠だろう。オウメスは戦う。それも、即座に。そういう確信がある。コフの台所事情もあるが、それよりもなによりも、オウメスは誰かの下に見られるのを嫌う。それだけが理由で戦争をやるとも思う。父やトウメスとは違うが、あれも黒剣の血筋、特殊性癖だ。

兵の準備をしないということは敵というか、ヤニアを油断させるだろう。二回も退けられたのだから三回目はないと、普通なら思う。ただオウメスは、自分とコフ、自分と黒剣家を同一視したりはしていない。だから、彼にとっては負け続けての三回目の戦いではない。やっと出番が来た最初の戦いだ。オウメスはさぞかし手の込んだ方法で僕とヤニアを蹂躙しようとすると思う。今の状況がそうか。兵を動員しないという動きからして、手の込んだ動きと言うべきだろう。

人間は希望にすがりたくなるものだから、ヤニアはこの動きを自分に都合よく、有利なように見るだろう。そして僕の言葉には耳を傾けたりはしない。

ヤニアの人々はこう考える。兵が動員されなければ、戦争はするにしても近くはない。貴族の解体は、自分たちヤニア市民（ヤニアスス）に賠償金を払うためだろう。そんな風に考える。もちろん全部嘘だ。オウメスは裏をかく。奴の陰険な性格を鑑みれば、僕にだけは手の内を見せながらそれでも勝つとか、僕が無力感にさいなまれるのを笑って見るとかそういう手で来ると思う。というか、今の状況がそうだ。

戦い疲れて目の前の農作業に追われるヤニア市民からすれば、僕がどれだけ罠と言っても取り合わないだろう。

　まったくオウメスは優秀だ。僕はため息をついたあと、皆が黙って僕を見ているのに気付いた。

「残念ながら、敵は、オウメスはそれでも早期に戦いを始めると思う。どういう方法かは分からないけれど、ヤニアに攻めてくるのは間違いない」

「あんたのお兄さんって、あんたに似てるみたいね」

「どういう意味だよ」

　イルケの言葉に、僕は噛みついた。イルケはなんで僕が怒っているのか分かっていない様子。分かっていないまま、言い返し始めた。

「言ったままの意味よ。あんたも知識と知恵だけで状況をひっくり返す。同じことをコフがやってくるって事でしょ」

「そうなんだけどね」

「仲良くできないの」

「絶対に無理だ。僕が折れればいいとか、そういう問題ですらない。オウメスは……」

　オウメスは何を考えているんだろう。隣り合う都市国家同士で戦争が続けば、他の都市国家のいい的になる。つまり、共倒れだ。今十分にそうなりつつある。だからと言って戦わないわけにもいかない。なぜなら黒剣家の領地は荒れて、収入が激減することが目に見えているからだ。そういう意味ではオウメスだって自由にやれているわけではない。

それに、オウメスは傾いた貴族の家の長なんてやりたがらない。やりたがらないから他の貴族たちを一掃した。今やオウメスはコフの王だ。

「オウメスは、野望を持っている。だから、仲良くするのは無理だと思う」

イルケは難しい顔をした。

「でも、その人はもうコフの王なんでしょ。野望もなにもないと思うけど」

言われてみれば都市国家の王の上なんて立場はないのだから、野望もへったくれもないはずだった。でも、オウメスがそれぐらいで満足するとは、僕は思わない。ジジウム先生だって言っていた。この世が丸い事を知れば、オウメスはそこまで攻め込むだろうと。

「オウメスはヤニアを潰したくらいで満足するような人間じゃないんだよ。イルケ」

「……私たちよりよっぽど化け物みたいね。その人」

「そうだね。僕もそう思う」

ヤニアの人々の説得は難しい。当面動き、動かせるのは僕たちだけだ。戦力で負けていても三回に一回は勝つという話だが、この状況ではそれも覚束ないというところだ。

どうするかなー、と顔をしかめた。自分の顔をしかめてもいい策を思い浮かべられるわけでもないのだが。

食事が終わり、部屋の件は棚上げになったまま僕は自室に戻った。ヤニアが負けたらそれどころではないのだから、そっちに心を砕く前に皆を生かし続ける事を考えるべきだった。何が重要で何を優先させるべきか、僕はそれすらできていない。

こんな状況でオウメスに勝てるか。いや、勝てない。先日、遺憾ながらオウメスを殺すことを諦めたが、現状はヤニアが陥落することも視野に入れないといけない。戦う前から泥沼の負け戦というところだ。

しまった。数日前に皆に知恵を借りたのがいけなかった。イリューイリドが娘さんたちを沢山連れてきて、それで事態がさらに悪くなった気がする。守る対象が増えてしまった。顔を見て、言葉を交わして、小さな悩みとか、普段の仕草を知ってしまった以上、もう見捨てるなんてことはできない。彼女たちが母のような悲惨な目にあう想像をするだけで心臓が痛い。

でも、どうやって守るんだ。その方法が、見えない。

悩んで、苦しんで寝返りを打ったところ、用を足す関係で夜でも開けたままの窓から小石が投げ込まれた。何だろうと思ったら、次々石が投げ込まれてくる。しかもその石が段々大きくなってきた。しまいには岩のような大きさの石が投げ込まれる。誰が投げ込んだかは分からないが相当気が短いようだ。いや、これくらい気が短い人馬を僕は一人しか知らない。それで慌てて窓際に寄った。

イルケ、だった。夜目にも分かるくらい怒っているというより顔が赤くなっている。僕を見た瞬間に顔を横に向けた。呼んどいてそれはないだろと言いたいが、イルケの尻尾が揺れて前脚で地面を掻いているところを見たら、そういう事も言えなくなってしまった。

怒りっぽいし、理不尽だしあんまり美人じゃないけれど、僕はやっぱりイルケみたいな娘が好きだな。

イルケが横目で僕を見た後、すぐに目を背けた。何が言いたいのだかと思ったら、顔を赤くし、背けたまま手を伸ばしてこっちに来いと手を振っている。

僕まで恥ずかしくなるからそういうのはやめて欲しい。嘘です。すぐ行きます。

〝再生〟のダリスがあることをいいことに、窓から飛び降りる。痛いが、すぐ治った。槍に身体を貫かれるほどでもない。

「なに?」

「あんたなんで窓から飛び降りてんのよ」

「え、急げって言うから」

口では言っていないが、仕草から見る限り一刻も待たない感じだった。これは断言できる。イルケは何か言い返そうとして、やめた。自分でも覚えがあるらしい。

「この間怪我したばかりなんだから、無茶しないで」

「そうだね」

それで、どういう話だろうと思ったら、イルケは馬体を翻して後ろを見せた。

「行くわよ。部屋、空けるんでしょ」

「え、いや、色々問題があってうやむやになったんじゃ」

「うやむやになってない。だって私が勝手に決めるもの」

このわがままは、どこから来ているんだろう。あ、元が貴族のお姫様だからか。トウメスやオウメスにも似たような傲慢さがあった。もっとも、あいつらのわがままは腹が立つけど、イルケのわがままは好意的に思えるから不思議だ。いや、不思議じゃないか。イルケは可愛い。

それにしても夜目に分かるくらい顔が真っ赤ってなんだよ。

イルケは歩きながら口を開いた。イルケの歩きは、僕の小走りとだいたい同じ速度だ。

「それに、あんたが野放しだと嫌だし、他の娘がヘンな目にあうかもしれないし」

追いつくために走りながら、僕は反論した。

「だーかーらー、僕はそんなことしないって」

睨まれる。

「あんたがそうでも色々あるって言ってるの。いいから、あんたは今日から馬小屋生活。決定、今すぐ！」

「人馬小屋で寝るのはいいけど、イルケはどうするのさ」

イルケの動きが止まった。考えていなかったらしい。それはともかく思考が止まると尻

ない。

尾の動きまで止まるのだなと、ちょっと感心した。尻尾は心臓に直結しているのかもしれ

止まったと思ったら、今度は尻尾が激しく揺れだした。

「べ、別に。あんたがヘンなことしなけりゃいいだけよ」

「え、いや、それって」

「つべこべ言うな！　私だって恥ずかしいんだから！」

それで、押し切られた。押し切られてしまった。

数日ぶりの人馬小屋に戻る。意識のある状態でここにいた期間なんて半日もないのに、帰って来た感じがあるのはなぜだろう。真新しい藁の匂いの中で、えも言われぬいい匂いというか、イルケの香りがして、危うい感じがした。

いや、この状況で、眠れる気が、しない。イルケは恥ずかしいのか、さっさと服を脱いで横になって寝てしまった。僕に背を向けているが、いや、肩とか、背中とか！

駄目だ。僕はじっくり眺めたい気持ちを苦渋の気持ちで抑え込みつつ、背を向けて横になった。暗くてよかった。そんな事はしないぞとは言ってもなんというか、悪い事をしてしまいそうで恐ろしい。いや、イルケが一緒に寝るというのは僕を信用してのことだろう。信用に応えなければ。

身体の大きさの関係でイルケが部屋の真ん中なので、僕は必然的に隅か、さもなくばイ

ルケの横、ということになる。少し前の口論とは打って変わって今はちょっと自分に自信がなく、僕は部屋の隅で寝る事にした。藁をちょっと貰ってその山の上に倒れ伏した。少しちくちくするものの、眠ることはできそうだ。嘘です。自分でも恥ずかしいくらい緊張している。なんでこうなった。いや、イルケのせいか。僕は激しく動揺している。

イルケはもう！　考えなしなんだから！

のたうつことしばし、これでは駄目だと思い立った。このままだと、なんというかいい匂いに負けてイルケの白い背中をひたすら眺める事になってしまう。

思うことは、ヤニア防衛が難しいこと。オウメスがどう出るかは分からないが、正直、勝てないだろう。ヤニアの人々には悪いが、オウメスはトウメスよりもずっと優秀で、しかも隙がない。でも、ヤニアが負けると僕たちは路頭に迷う。

人は都市から離れては生きていけない。でも、今の状況は都市から離れたい。このままではヤニアと一緒に僕もイルケも娘さんたちも灰か難民か奴隷になってしまう。

なんだか段々眠くなってきた。良い事なのか、悪い事なのか。良い事かな。ここ最近続くオウメスの夢も今日は見ないで済むだろう。いや、そもそも眠るだけの時間があるのか。下手するとあと数日しかない。

月明りも覚束(おぼつか)ないながら、僕は横になったまま考えることにした。娘さんたちもイルケも、皆健気に頑張ってくれるとは思うけれども、それではヤニア陥落を防げない。僕たちだけでヤニア陥落を防げるか。暗殺、ならまだ手はあるけど。暗殺かぁ、暗殺はなぁ。暗殺で済むならそれでいいじゃないかと僕自身は思うが、それでアルテみたいな娘を使うとなると心が痛むというか。

いや、これも駄目、あれも駄目では埒が明かない。それは分かっているんだ。何を優先させるか決めよう。

僕は暗い中で書石板に書き始めた。暗くて文字は読めないが、こういうのは手を動かすことに意味があるというものだ。思いつくまま書き出す。

・僕の都合
・イルケの安全
・オルドネーやイリューイリドの安全
・娘さんたちの安全
・ヤニアの防衛

僕の都合を一番後回しにして、娘さんたちやイルケやオルドネーやイリューイリドのどれを大事にするかといえば、どれも大事にしたかった。ヤニアの防衛はまあ、さほどでもない。となれば、娘さんたちの安全確保、ヤニアの防衛、僕の都合の順で守らないといけない。

現状、僕の都合を切り捨ててもヤニア防衛はできそうもなく、ヤニア防衛をも諦めて安全確保に全力をあげる必要がある。そして、この先に諦めていいものは何もない。オルドネーたちはもちろん娘さんたちを諦める、捨てることはやりたくない。それぐらいなら死んでやる。死んでも状況がよくならないから死にはしないけど。

諦められるのはヤニアの陥落までだ。そこまでだったら、僕は我慢できる。

問題は生活と都市との一体性にある。都市なくして人は生きていけないが、その結果、市民は都市とともに死ぬことになっている。都市を捨ててもウラミやその妹のような難民としての悲惨な未来しか待っていない。人は都市という器に注がれた酒のようなものだ。器が壊れれば、零れるしかない。

しかし、何度も何度も思い返すが、ヤニアという器を守るのは現時点で難しい。やれるだけのことはやるにしても、僕たちだけでヤニア全部を守るのは無理だろう。

となれば、一つ。都市という器をなくしても人が生きられる器を作る。これしかない。娘さんたちと都市を切り離すことができれば、僕の限られた力でも、娘さんたちを守る事ができるだろう。

幸い小百合家は傾いていて、保有する財産など、家屋敷くらいのものだ。都市に縛られている部分は貴族としては例外的に少ないと思う。あとは一〇〇人ちょっとの生業さえどうにかできれば、都市と人を切り離すことは難しくはないと思う。

あくびが出る。興奮しているはずなのに眠い。眠ったらまた、オウメスの夢でも見てしまうんだろうか。

第四章

惨劇の日

Ta eis heauton 02

案の定夢を見た。僕はオウメスの部屋で、一度も許されたことがなかった椅子に座ることを許されていた。オウメスは僕の顔を見て、どんな表情をするか、迷うような仕草を見せた。

「夢というものは、不便だな。フラン」

オウメスはいつもの物憂げな表情になって、そう言った。何が不便なのかは、僕には分からない。というか、夢すら道具にしようとか思うあたりはいかにもオウメスくさい。いや、オウメスそのものだ。記憶の中で一度もそんな事を言ったことはないから、冤罪ではあるんだけど。

「で、いつ帰って来るんだ」

「帰るわけないだろ。何言っているんだ」

夢、と分かっているのに声を荒らげて文句を言ってしまった。オウメスは面白くもなさそうに僕の目を見ている。その回答は間違いだと、言っている風。

「もう十分、分かっているはずだ。ヤニアの人々はお前の言うことなど聞かない。抵抗は無意味だ。戻ってこい。フラン。お前は十分に役目を果たした。予想通り、いや少しだけは予想以上だ。よくやった」

　僕は唾でも吐いてやろうかという気になった。しなかったのはそれを片付けるのが奴隷だからだ。いや、夢なんだからどうだっていいんだろうけど。

「それで褒めているつもりかよ」

「褒めているところもある。だが、さっさと戻ってこないのは問題だな。お前が誰のものか、たっぷり教えてやる必要がある」

「ごめんこうむる。僕はお前のものじゃない」

　オウメスは少しだけ微笑んだ。

「いや。私のものだ。私はお前がそうなるように育てた。八歳のころから、ずっとな。いずれ我が片腕となるために。お前は私のものだ。フラン、私の一部でもある」

「あいにく僕は女の子が好きなんだ」

「私の下で声をあげていたのにか？」

　発作的に殴ってやろうと腕を動かしたところで、腕が動かないのに気付いた。身体が動かない。無理に動かそうとすると痛みが走る。それこそ痛みで目が覚めるほどだ。

　でも、覚めない。

「夢じゃないな。これは」

「いいや、夢だ。寝ている相手にしか効果はない」

つまりこれは誰かのダリスだろう。僕はうめいた。ここ最近の夢の正体が分かった気がした。オウメスは僕の夢に攻撃をしていたらしい。あいつらしい陰険さだ。

オウメスの知らないダリドやダリスを僕が集めていたように、オウメスもまた同じことをしていたということか。これが血、これが兄弟か。いや、そんな事は認めない。僕は女の子が好きだ。オウメスとは違う。

オウメスは服を脱いで僕に股間のものを見せつけた。

「諦めろ、フラン。そして全部を受け入れろ。女というものに価値はない。女に価値を見出すから、戦争が起きるのだ。神話にある通りだ」

「女の子に価値がないなら何に価値があるって言うんだ！」

僕の言葉に、オウメスの目が、危険な輝きを孕んだ。

「失望させるな。その意見は子供だぞ」

「どっちが子供だよ。自分の思い通りにならなきゃ相手を子供にする方が子供じゃないか。だいたい子供で結構。僕はお前の手下になんかならない」

「そうして女に価値を見出す。父やトウメスと同じになりたいのか。フラン」

「価値があるから物にするって考えがそもそも黒剣の間違いなんだよ、オウメス。お前もトウメスも、皆同じだ。僕は違う。女の子には価値がある。だからってそれを欲しがって自分のものにするのが間違いだって言ってるんだ！」

「よろしい。ならばお前の周囲の女を全部殺す」

相変わらず、正気じゃない。

僕は頭を棍棒のようなもので殴られて目が覚めた。いや、実際に棍棒だった。棍棒を持ったイルケが僕を心配そうに見ている。

「まさか棍棒で殴っておいて心配そうに見てるなんてないよね」

僕が言うと、イルケは怒った。そうそうこの顔が見たかった。

「頬を叩いたくらいじゃ起きなかったのよ」

しかし、とんでもないダリスだな。他人の夢に侵入して操る技。誰しも眠るものだから、このダリスは最強の力だろう。確かにこれなら兵などいらない。

「いや、助かったよ。しかし棍棒なんてよく用意していたね」

「イリューイリドがくれたの」

イリューイリドは夢の事を知っていたのか、それとも、イルケの人馬小屋で寝る僕を警戒していたのか。どちらもありそうではある。ともあれ感謝はすべきだろう。頭のこぶを撫でるうちに、夢の事を知っているなら話しているはずだよなと思い直した。何かを隠すようなことでもないだろう。しかし棍棒というのはどうなんだ。棍棒というのは。

「そんなに怒らないでもいいでしょ!」

「怒るわけないだろ。考えてただけだよ。ありがとうイルケ」

イルケはひるんだ顔をした。まあ、うん。殴られた相手から感謝されたら、だいたいそんな顔になるのではないかと思う。しかし参ったな。これでは眠ることだってできやしない。

「敵の攻撃が分かったよ。でも、これで勝てる気がしないところが問題だね」

イルケが言葉に困っていると、窓からイリューイリドが転がり落ちてきた。なるほど。覗いていたな。怒るかどうか迷う間もなく、イリューイリドが顔をあげた。藁くずが髪についていた。

「どんな手でしょうか。フランさま」

「夢だ。オウメスは人の夢に侵入するダリスを持っている。あるいはそのダリスを使う誰かを部下にしている」

「え。そんなダリス聞いたこともありません。オウメスもウラミもそんなダリスは持っていないはずですが」

「そうだろうね。ウラミのダリスは骨接ぎだったから。オウメスのダリスは分からないけど、ともあれ、コフは夢を使って攻撃をしてきた。イルケが棍棒で起こしてくれなかったら、危ないところだったよ」

「その棍棒は私が渡したものです！」

「ああ、うん。聞いてる。でも今度はもう少し痛くなさそうなのがいいかな。ともあれ、手が分かったものの、どう対抗、対応していいのかまだ分からない」

夢のダリスがどこまで広い範囲で効果を及ぼすかも分からない。というか、僕たちは対抗できるのか。眠らない人間はいない。このダリス、無敵に近い。よくぞこんなダリスを持つ者を隠し持っていたものだ。

「どうしましょう」

「イルケやイリューイリドは変な夢を見なかったかい？」

「私は見てないわよ」

イルケの答えは明快だった。イリューイリドも頷いている。

「私も見ていません」

「規模や対象に制約があるダリスなのか、それとも本当の攻撃は別にあるのか、今の段階ではなんとも言えない。さしあたってオルドネーとかイタディスさんを確認したい」

「朝になってからじゃ駄目？　オル、夜に弱いの」

イルケのお姉さんとしての発言は可愛らしいが、今はそういう時じゃない。

「寝かせてやりたいのは確かだけど、眠ったまま戻ってこなかったら、そっちの方が嫌だ」

「そっか、そうよね。ごめん。あんまり危機感なかった」

「まあ、うん。最悪棍棒で叩いて回ればいいとか、そういうダリスかもしれないけれど」

「駄目よ、オルドネーをあんな棒で叩いたら死んじゃうわ」

僕ならよかったのか？

微妙な気分になりつつも、急いで服を着ることにした。しまった、イルケも裸だったのに、ちゃんと見てなかったと悔しくなった。

しばらくすると、イルケに起こされ、貴重品である豆の油を灯りにしたオルドネーが、危なっかしくも慌てた様子で走って来た。金持ちの貴族でも中々やらないような行為だ。

「フランさま、イタディスさんが起きません」

「叩いた？」

オルドネーは首を縦に振った。

「手で叩いたくらいでは駄目です。棍棒は……危険かもしれないのでまだ試していません」

イルケとは大違いだったが、重要なのはそういう事ではない。夢を見ていたのが僕だけではない、ということは複数を攻撃できるということだ。まずい。まずい。

「夜分に悪いけど、他に目を覚まさない人がいるか、確認してくれないかな」

「分かりました」

灯りが屋敷に戻っていくのが見えた。しばらくあとににわかに忙しくなる。

今度はゴルゴネーさんが暗闇の中を走って来た。夜目が利くのか手探りという感じでもない。しまったな。皆と面談した際に夜目についても聞き取りをしておくべきだった。僕は色々抜けている。

「若様。報告にあがりました。現在六名が目を覚ましません。いずれも男です」

「男……」

「はい。男です。間違いありません」

なんともオウメス好みというべきか、あるいはオウメスのダリスなのか。現状大部分が女性である小百合家には幸いだが、いや、幸いというべきなのか難しい。正確には不幸中の幸い、くらいだろうか。言葉遊びだな。落ち着こう。

オウメスが夢で話しかけたのは、戦争の準備が整い、最終段階だったからだろう。オウメスが夢で言った評価の半分でも僕を評価しているとなれば、僕に対抗する余裕なんて、与えるわけがない。

僕はゴルゴネーさんを見た。ゴルゴネーさんは一糸まとわぬ姿で青銅の剣一本だけを掴んだ格好だった。

「ゴルゴネーさんは今から言う娘さんたちを連れて正門の警護に当たってください」

「夜襲、ですか」

「ええ。通用門の方にも人をあてます。篝火(かがりび)を焚いてください」

幸い、イリューイリドの人形用に木材は大量に購入してある。

夜に戦争をするのは民主制ではありえないと思っていたけれど、今のコフは王政だ。オウメスもこのあたりまで考えていたのかもしれない。いや、詮索は後だ。

とりあえず門を固めて防御したとして、そのあとをどうするかを考えないといけない。

敵が夜襲するにせよ、そんなに大規模な兵力にはならないだろう。王政に移行したと言ってもコフ市民がすぐにオウメスに服従して働くとは思えない。むしろ逆のはず。だから、攻撃の第一波だけなら、娘さんばっかりの僕たちでも、なんとか防げる可能性がある。いくらオウメスが僕に執着していても、割ける兵は多くないはずだ。問題は第二波だ。他を制圧して包囲されれば、僕たちは終わる。

屋敷に抜け道でもあればいいのだけれど、小百合家の家風からして、そんなものはないだろう。となれば、できる事は自ずと狭まる。

当然ながらヤニアの兵はほとんどが男だった。女性は一〇〇人に一人もいるかどうか。そうなれば今回、ヤニアの兵は一〇〇分の一、さらに動員もされていないときている。予想はしていたとはいえ、それを遥かに上回る負けっぷりだ。戦う前から完全に勝敗が決してしまっている。ジジウム先生の問題に対する、オウメスなりの回答だろう。この状況ではとても、三回に一回は勝てるとか言えない。

顔をあげる。まだゴルゴネーさんが僕の前で控えていた。

「あ、ごめんなさい、考え事をしていました。何か？」

「若様は前の戦いを勝ちに繋げた功労者だと聞いていましたが、確かにそのようです。こんな状況でも笑っておられる」

自覚はなかった。というか、こんな局面で笑う？　嘘だろ。どんだけ不謹慎なんだ。

僕が返答に困っているとゴルゴネーさんは微笑んだ。

「それが言いたかっただけです。ご安心ください。命を懸けて門は守ります」

命を懸けるなんてとんでもないと言いかけて、門を破られれば悲惨なことになる事に気付いた。この夜は、何度も自分が甘い考えだったと悔やむことになりそうだった。

今の僕は頭を下げるしかない。

「お願いします」

僕の無能のつけを他人が払っていると思うと、つらい。しかもそんな時に笑っていたなんて。

一人落ち込んでいたら馬の足音が聞こえた。小百合家に馬は一頭しかない。その一頭は、人馬だ。

「なんで落ち込んでるの？」

イルケが腕で胸を隠しながら戻って来た。背にはオルドネーが掴まっている。

「なんでって、落ち込むだろ、酷いやられようなんだから」

「何言ってるのよ、まだ被害は出てないでしょ」

「今から出るんだよ！」

「じゃあ、出ないようにすればいいじゃない」

簡単に言ってくれる。でも、確かにそうだ。悔やんだり反省したりするのは後だ。僕はイルケの腕で隠された胸を見た。よし、頑張ろうと自分を奮い立たせた。

「どこ見てるのよ。また棍棒でひっぱたかれたい？」

「それは後だ。まずは様子が知りたい。オルドネー、鳥の姿になって見回りしてくれる？」

「駄目よ」

イルケは軽くため息をついて口を開いた。

「オルドネーは夜目が利かないの」

それで豆の油で灯りを取っていたのか。なるほど。しかし、困った。

「そうか。分かった。しかし空から様子が知りたい」

「僕をお呼びかな！」

イルケの尻尾から現れたというより、大きくなって登場したのは昆虫の羽のアルテだった。

「どっから出てきたのよ！」

イルケは喚いているが、今回ばかりは助かる申し出だった。

アルテもそれを分かっているのか、輝く笑顔を見せている。

「細かい事はあとさ。若様、どうなんだい。僕を使ってみようとか思わないかい？」

「ありがたく使わせてもらうよ。早速だが様子を見てきてくれ。知りたいのは敵の動きなんだけど、他家の様子も知りたい。他家の男が寝入っているかどうかだ」

「夜だからそりゃ寝ているとは思うけどね。分かった」

アルテは小さくなると昆虫の羽を振って飛んで行った。オルドネーと比較して小さい分頼りないし速度も遅いが、夜であの大きさなら見つかることもないだろう。安心して物見に行かせられるのはいい点だ。

人馬小屋から椅子を持ってきて中庭に配置。僕は傍らの地面に青銅の剣を突き立て、椅子の上に座ってここから指示を出すことにした。中庭ならどこの門からも真っすぐ目指せるし、指示が出しやすい。

「あれ、なんなの」

「アルテっていうんだ。変わったダリドとダリスを持っている」

イルケは胸を手で隠しながら、もう片方の手を振った。

「私が知りたいのは、なんだって私の尻尾に掴まっていたかよ!」

「それは僕には分からないけど、あとで叱ればいいんじゃないかな。ともあれこの夜を生き延びないといけない。オルドネー、イルケ。聞いて欲しい。敵の攻撃が始まった。多分今夜ヤニアが落ちる」

「今夜、ですか、いきなり?」

オルドネーはうろたえた。

「都市の端には寝ずの番が詰める砦もあるはずだけど」

イルケが楽観的な事を口にした。僕は肩をすくませる。

「そこが女性ばかりだったら、あるいは役に立ったかもしれないけど」

「男にしか効かないダリスってどんだけ特殊性癖なのよ」

僕の兄のダリスかもしれない、とは思ったが口には出せなかった。兄弟が似ているとか思うとぞっとする。

「性癖はともかく、有効なのは確かだ。眠らない人間はいないし、人間の半分は男なんだから」

「分かってるわよ」

イルケはいらいらしているようだ。まあ、今日都市が落ちると言われて平静な人間もなかなかいないだろう。よくて難民、悪くて奴隷。人馬がどんな目にあうかは誰にも分からない。

でも、僕に当たらないでもいいんじゃないかな。

「怒らないでよ」

「怒ってないわよ」

イルケはそう言ったあと、僕の横に座った。

「不安なだけ。これからどうなるんだろうって」

「それについては僕も同じだけど、大丈夫。イルケは僕が守るよ」

イルケは伏し目がちだが、尻尾を激しく振っている。

「あてにするから。あと、オルも、お願い。守って」

「皆面倒見るよ」

「それはちょっと違うんじゃない？」

何が違うっていうんだろう。まあでも、イルケは守ろう。オウメスを殺すのも諦め、今またヤニア防衛も諦めたけど、娘さんたちとイルケは守る。どうやってやるのかはまだ決めていないけど、守る。

短い時間で自分が駄目でオウメスが優秀なのは散々思い知らされたけど、だからといってイルケたちを諦めるわけにはいかない。

覚悟はいい。あとは方法だ。

常識的な立場で意見を言うイタディスさんがいないのが痛い。自分だけで物を決めなきゃならないのはつらいものだ。頼りになるのはジジウム先生の教えと、あとは娘さんたちくらいか。

どうしようかと考えあぐねることしばし、外で剣戟（けんげき）の音が聞こえてきた。それも、二か所同時だ。いきなり二か所ということは、包囲されているということか。娘さんたちの悲鳴に僕の心臓まで悲鳴をあげる。心配そうにイルケが僕の顔を見るのを見て、僕は嘘の笑顔を浮かべてみせた。娘さんの一人が伝令として走って来る。ゴルゴネーさんと一緒に僕と水浴びした人だった。

「若様！　凄い数の骸骨です！　骸骨が襲ってきています」

イリューイリドの人形兵と同じようなものか。まあ、そうだよな。イリューイリド対策はオウメスもしっかりしてくるだろう。市民兵を動員するんじゃなくて、そう来たか。

それにしても事態が急すぎて、陰茎の皮を葡萄の蔓で結ぶ暇もない。

「なるほど。槍はあまり役に立たないと思う。剣か、できれば槌(つち)で薙ぎ払って欲しい。動きはそんなに速くないと思うから、慌てず対処して欲しいとゴルゴネーさんに伝えてください。息が上がった時のための交替要員はすぐに送るんで、捨て鉢にならずに粘り強く戦ってください」

「はい、はい！　分かりました、若様！　若様凄いです！　遠くに目があるみたい！」

僕は娘さんを見た。巻き毛も可愛らしい彼女はアフロスと言った。ダリドは液状のなにか。動く水たまりみたいなやつ。ダリスは泡を出すことだった。自他ともに使えないというダリド、ダリスだが、使い方次第かなと、僕は思っている。

「ありがとう。気を付けてね」

指示を出す。イルケが僕を見た。

「私も行ってくる」

「いや、イルケはここに」

イルケを戦場に出さないから僕は冷静になれる、というのもあるが、馬の身体では門の防衛には向かない。彼女を使うなら、もっと後だ。

「大丈夫。出番はあるから」

不満そうなイルケに言うと、イルケは横を見た。

「私をなんだって思っているのよ」

「可愛い人馬だよ」

「そういう意味じゃなく！」

「出番は、もう少し待って欲しい。イリューイリドとアリアグネって娘さんを呼んで来てくれないか」

「分かった。すぐ連れて来る」

イルケは立ち上がってオルドネーを置くと、四本の脚で駆けだした。速い、速い。すぐにイリューイリドを連れて走って来た。

「アリアグネさんは今、いややわー！　とか言って門で戦ってた」

涙目ながら、大きな木槌を振り回して大活躍とのこと。

「引き抜きは待って欲しいってゴルゴネーさんが言ってたわよ」

「まあ、うん。そうだよね」

アリアグネさんは訓練を受けていないし戦いに向いていない性格だと思っていたけど、敵が賢くなくて数で押してくるとなると、その怪力で存外に活躍できるものらしかった。

イルケが厳重に胸を手で隠しながら僕を見た。

「どうしよう」

「アリアグネさんは外さないでそのまま頑張ってもらおう。取りあえずはそのままでいい」

そんなに凝視してたかなと思いつつ、イルケの背から降ろされたイリューイリドを見た。

「イリューイリド。人形兵の準備を始めて欲しい」

「そう思って、もう一〇〇ほども用意しています」

「ありがとう」

「いえいえ。でも、門の防衛にはあまり使えないかもしれません。今戦っている人たちの方が、ずっとうまく立ち回っています」

イリューイリドは様子をよく見ている。僕は頷いた。

「確かにね。でも、生身だけじゃどうしようもない時が来る。その時はイリューイリド、君の出番だ」

「はい。仰せのままに。フランさま」

僕が微笑むと、イルケが僕の脇腹を拳で殴った。

「あの、痛いんだけど」

「あ、そう?」

イルケはそっぽを向いて地面を蹴っている。気が立つのもしょうがないが、その怒りは敵に向けて欲しい。

夜、というものには時間がない。太陽が出て太陽が沈むまでの時間が一二分割されて時を示すことになっている。夜には割り当てられているものがないのだ。しかしこの戦いではそれは不便。だから貴族風に刻で数えていくことにする。

今、大まかに言って門で戦闘が始まって二刻というところ。戦いの音はまだ続いている。敵は骸骨というけれど、どんな姿でどんな武器を持っているのか分からない。実際に見に行きたいけれどそうなると他の場所で何か起きた時、対応が難しくなる。

僕の代わりに物見に行って適切な話を持ち帰る者が欲しい。さっきの感じからしてイリユーイリドが適任なんだけど、人形兵は後詰にとっておきたいし、オルドネーは夜目が利かない。それに一応の総大将だ。イルケはどうかな。伝令ならまだしも、様子を見るとなるとちょっと心許ない。

イタディスさんがいればなとため息が出る。物見一つでも人が足りない。面談して色々確かめたつもりだけど、穴だらけだ。個々が大きく違う人々を率いて戦うのはやっぱり、いや、思っているよりずっと大変だ。そもそも詳しく知ってしまった時、僕は娘さんたちを死地に向かわせることができるだろうか。

後悔も多いが悩みも多い夜になりそうだ。戦闘始まって三刻。身体を連続して動かせるのも限界だろう。

「イリユーイリド」

「はい。フランさま」

「敵が思ったより多い。門を支える娘さんたちも限界に近いと思う」

「分かりました。お任せください」

「僕が直接行って交替させる」

「え、でもそれは」

「大丈夫、用心するから」

　口にはできないが、おそらく僕は生け捕りにされるよう指示されているはずだ。娘さんたちより多少は安全というものだろう。

　僕は地面に突き立てた剣を引き抜いて正門へ向かった。横を見ると鼻息も荒くイルケがついてきている。いつの間にか胸当てをつけて、僕を起こした棍棒も持っていた。

「どうしたの？」

「イルケは待機。オルドネーを守ってよ」

「どうせ、門が突破されたら死んじゃうわよ。ほら、いいから行くわよ」

「行くもなにも」

　急に戦うのが怖くなった。イルケが怪我すると思うだけで僕の心臓は痛くなる。イルケはちっとも、そのあたりが分かっていない。

　とはいえ、イルケを置いて行こうとすると口論になりかねない。時間の無駄とはこのことだ。仕方ないので伴って正門へ向かった。

横に並べば三人ほどしか通れぬであろう、さして大きくもない門は、今まさに戦闘の真っ最中だった。青銅の剣がぶつかる火花が目についた。篝火もなしに戦闘をしているのが違和感があった。

「援軍に来ました。退いて交替、できますか」

僕が声を掛けると、激しい剣戟の音の中から声がした。

「若様!? すぐ退きます!」

牛娘のアリアグネさんとゴルゴネーさんが同時に動いた。アリアグネさんは両手で持った杭打ちの槌を振るい、ゴルゴネーさんは楯で体重を乗せて押し返した次の瞬間に退いた。

一旦僕が最前線に立つ。暗いのが怖いと思ったが、すぐに目が慣れて不気味な骸骨が剣と楯を構えているのが見えた。人骨自体は奴隷の死体置き場などで目にすることもあるので珍しくもないけれど、肉も腱もなくして骨が動くというのはどうなのだろう。なんだか変な感じだった。

見た感じ楯や骨についた傷からして不死、というわけでもなさそうだった。現に、門の入り口には無数の骨が散らばっている。錆びた貨幣があることからして、おそらくこれは骸骨の口の中にあったのだろうと思われた。つまりは埋葬された市民の骨というわけだ。ボロボロではあるけれど、服も着ている。

一方で霊魂は入っていないのか、動きは速いものの単調で、剣の振り方も判で押したように一様だった。避ける練習ばかりで剣技がおろそかな僕でも、なんとかさばける。しかし狭くて避けにくいので楯が必要だった。剣で受け続ければ根元から折れてしまう。

「若様！」

牛娘のアリアグネさんが軽々と楯を投げて寄越した。楯二つで娘さん一人分くらいの重さがあるやつだ。僕は受け取れる気がせず、避けた。骸骨が一体、楯を受けてばらばらになったのが見えた。身をかがめて剣を振りつつ、楯を持ち上げる。革紐を結ぶ暇もない。指だけで楯を摑んで攻撃を受けるのは大変だが、この状況では楯は必須だ。しまった、もう少し準備して突入すべきだった。

四体倒して、五体目が剣で突いて来る。その骸骨の剣ごと棍棒で薙ぎ払ったのはイルケだった。牛娘に負けていないほどの怪力だった。

「これで僕は起こされたのか……」

「失礼ね！　ちゃんと手加減したわよ！」

イルケが喚いた。僕は笑ってイルケの横に並んで戦いだした。勝てる戦いは、楽しい。嘘です。イルケが怪我しなそうな敵は嬉しい、が正解。

イルケは身体の構造上、目の位置が高くて下方向からの死角が多いので僕はイルケを支援しながら目の前の骸骨と戦うことになった。

それにしてもこの骸骨、数は多いが、それだけだ。人形兵より軽い分弱い気がする。

「なんで暗い中で戦ってるの？」

イルケが当然の疑問を口にした。それは僕も思った。

「槍を投げられます」

ゴルゴネーさんが尻餅をついて荒い息を吐きながら言った。頰にも尻にも、汗のせいで土がついているが、気にする余裕はなさそうだった。

つまり敵は槍も投げるのか。

「骸骨が投げているの？」

「そうです。若様」

何も入っていない眼窩(がんか)でも明るさが分かるという事か。

本当にどんな仕組みで動いているのだか。いや、ダリスそれだけしかないのだろうけど。骨というところから考えて、このダリスはウラミのものだろう。彼は元々ダリスを使って医者の手伝い、骨接ぎを仕事にしていた。そのダリスの使い方の一つに、こういうのもあったのだろう。おそらくはオウメスがその使い方を教えたに違いない。

「キリがないけど、どうする？」

何体目かの骸骨を薙ぎ払ってイルケは言った。何度か剣に打たれて棍棒にも傷がついている。剣の破片が飾りのようにもなっていた。戦い始めて一刻も経たないはずだが、僕の楯もボロボロだ。相次ぐ衝撃に指が痺れてきている。

あわやのところで助けが入った。屋根から飛び降りて来た、何匹かの雌猫だった。一人は半猫半人だ。まんまるの瞳が可愛らしい。

「こんにゃにたくさん生き残りがいるにゃー。マスケー、嬉しいにゃ」

強い訛りでそう言いながら長い爪で骨を掴み、踏みつけて砕いている。ゴルゴネーさんやイルケとはまた違う強さの娘さんだった。面談した事はないので、どうやらこの夜の貴重な生き残りらしい。

「助かった。ありがとう。僕はフラン。この惨劇の貴重な生き残り仲間だよ」

「一緒に戦うにゃ」

ありがたい申し出だった。ここまでたどり着いただけあって、いずれも戦闘力は高そうだ。

しかし劣勢は相変わらず、扉で防ぐのも難しい。

この調子では扉は叩き壊されてしまうだろう。防ぐなら別のものがいい。

「柵だ。イリューイリド！　柵！」

ちゃんと聞こえたか自信はないが、うまく誰かが伝えてくれたようで、粗いながらもしっかりした柵が押し込まれて来た。押しているのはアリアグネさんだ。怪力は便利だ。よいしょーという掛け声はどうかと思うけど。

「イルケ、柵と入れ替わりに下がるよ」

「わ、かった」

なんで躊躇するのだろうと思ったら、イルケの身体だと柵の隙間を抜ける事はできないからだ。イルケは棍棒を敵に投げつけると柵を跳び越えて後方に下がった。人馬も便利だな。

後退する直前、敵の様子をうかがう。向こうにウラミが立っている、そんな気がしたからだった。残念ながら誰もおらず、僕はどんな表情をしていいのか分からぬまま後退することになった。交替に伴って今度は槍を持つ娘さんたちが槍で骸骨を突き出した。相手に肉がないので貫くのも難しく、大した成果はあげられないのだがこの場合、柵越しに戦える武器が他にないのだから致し方ない。

二刻、交替前の三刻と合わせて五刻ほども門で戦い続けていたことになる。

若様これをと言われて飲んだのは牛の乳だった。うまい。滋養がある気がする。喉を鳴らして飲んだ後、この牛乳の出処を考えるほどの余裕ができた。

え、いや。まさか。

恥ずかしそうな裸のアリアグネさんの胸を見ていたら、頭に強烈な衝撃が走った。

イルケ、だった。

「なに人の胸なんてジロジロ見てるのよ！」

「え、いや、でも」

「言い訳無用！」

「言い訳じゃないっ」

しかし大した飲み物だ。軽口を叩けるくらいに回復ができたような気がする。頭の痛みは治まらないけど。イルケのゲンコツは、強力だった。睨んだら、イルケは物凄く怒った顔でそっぽを向いた。まったくなんて怒りんぼなんだろう。

僕がアリアグネさんの方を向こうとしたら、腕を引っ張られた。

「あんたどんだけ胸好きなのよ」

「お礼を言おうとしただけだよ！」

「私が言うからあんたあっち見てて」

「あっちって」

酷い休憩もあったものだ。僕はため息をついて、ゴルゴネーさんを見た。ゴルゴネーさんは苦笑している。

「まるで姉弟のようです」

「そうかな。僕の方が年上だと思うけど。ともあれ、キリがないね」

当初の予想というか予定では第一波と第二波の間に行動を起こすつもりだったのだが、敵の攻撃が途切れない。どうなっているんだ。言い方は悪いが墓場の骨だって無限にあるわけはないはずだけど。

「物見に出していたアルテはどうしたんだろう」

「戻って来てたよ！」

耳元で騒がれてびっくりした。戦闘中だから控えていたらしい。大きさを戻してアルテは自分を親指で差した。

「さあて、この稀代の大女優アルテさまの報告、どこからでも聞いてくれよな」

「女優って、男の子じゃない」

イルケが僕と同じことを言っている。アルテは股間を見せつけ、指を差しながらこれのどこが男なんだよと喚いた。

「なによ、ついてないだけでしょ」

その反論まで同じだった。面白いとは思うが、火急の時だ。続きは後で聞くことにしよう。

「まあ、それはいいから。アルテ、骸骨は屋敷を包囲してたかい」

「包囲というほどでもないかな。入り口の方には一杯集まっていたけど。梯子を使えばいいのに、彼らの脚本は色々足りないみたいだね」

「どうかな。突入を控えているだけにも見えるけど」

僕を生け捕りにするというのならそうするだろう。突入して自害でもされたら困る。まったくオウメスらしい。

「他の家はどうだった？」

「男は寝たまま殺され、女たちは泣き叫んで背中から切られている。まあ、悲劇というよりは惨劇のありさまさ」

「確認するけど、奴隷にもせずに殺しているんだね」

「間違いない。酷い話さ」

奴隷は大きな商売だ。来年の稼ぎに事欠くであろう黒剣にとっては貴重な収入だと思うのだけど、それもしないというのは、オウメスは何を考えているんだろう。オウメスと同じ教育を受けていたのに、オウメスの事が分からない。認めたくはないが、一番オウメスの事を知っているつもりだったのだけれど。

いや、それでも、オウメスの事を分かるのは僕だ。落ち着こう。絶望的なこの状況、オウメスの考えを読めるかどうかで、大いに変わる。

大筋では僕の読みは外れていなかった。早期に攻めてきたのは当たった。ヤニア民会を動かせなかったにせよ、警告もしていた。間違えたのはオウメスのやり方だ。僕の知らないダリスを二種類……夢を操るものと骨を操るもの……を駆使している。この上で僕はどうするか。いや、今の状況ではどうしようもない。ヤニアは落ちた。小百合家も落ちようとしている。なんとか小百合家だけでも助けないといけない。現状の情報を見る限り、奴隷か難民かで悩む必要すらなくなってしまった。死か難民かだ。生きるのを選んだら難民になるしかない。

まあ、生きていたらどうにかなると思おう。幸い小百合家は家が傾いて沢山借金があったので、踏み倒せると思えばさほど悪い話でもない。落ち延びた先でうまく生きる方法については生き延びられてから考えよう。

女の子には効かないという話なら、夢についてはほぼ大丈夫だ。あとは骨だけ。大局では大負けしているが、小さい目先の勝ちくらいなら僕でも拾えるかもしれない。それにしたって突進する牛を飛び越えるようなものだけれど。

顔をあげるとアルテはまだ、空虚な事を喋り続けていた。報告というよりは詩のようなもので、内容は滅茶苦茶だった。

僕はアルテの腕を取る。アルテは僕を見た。

「なんだい、まだ聞きたいことがあるのかい？」

「報告してたんじゃなかったのかい」

「ああ、そうだね！　ごめん」

様子が変だ。暗いので顔を近づけて見る。

「大丈夫かい」

「大丈夫に決まってるだろ。座長や僕の父親は寝たまま殺されたみたいだ。せいせいしたね」

言葉とは裏腹に、アルテは泣きそうな顔をしている。というより、嗚咽(おえつ)が口から出ていないだけで、泣いている。僕は抱き留めて頭を撫でた。さすがのイルケも文句を言わないのは、まあ、アルテが男の子みたいなせいだろう。兄弟のように見えるとは、まさにこれだろう。弟についてないだけだ。

「僕は事情があって父を殺すしかなかったけど、それでも嫌な気分になったよ」

「若様が?」

「うん。だから、気持ちは分かる」

僕が言うと、アルテは大声で泣きだした。僕と入れ替わりにまた戦闘に入ったゴルゴネーさんがこちらを見ているのが見える。気が散るから泣くなと言っても泣き止みはしないだろう。僕ほど家族に恨みがあるとかでないなら尚更だ。僕はアルテを抱き上げて一旦中庭に戻ることにした。骸骨どもと一戦交えてアルテの報告も聞いたので状況は大分分かった気がする。あとは、考えて動くだけだ。

中庭に戻って椅子に座る。戦いが始まって六刻。夜明けまでには二四刻はある。

「オルドネー、イルケ、残念だがヤニアはもう駄目だ。夜のうちに陥落する。奴隷になる線もない。皆殺しだ」

「それではなんのための戦争ですか」

戦争は賠償金や奴隷を取るためにやるものというのが常識だ。アトランの車の外では土地を奪い合うために戦争をするというが、僕たちにはその気持ちがさっぱり分からない。ジジウム先生に尋ねたいところではあった。まあ、当時は質問なんか許される立場ではなかったけれど。

　でも、今回は土地を狙っての話ではないかな。

「なんのための戦争かと言えば、おそらく生きている人間より死んだ人間の方がいいんだと思う。つまり、今門に殺到している骸骨。あれが沢山欲しいんだと思う」

　僕が考えを述べると、イルケとオルドネーが絶句した。気持ちは分かる。イリューイリドは顔をしかめ、アルテはまだ僕に抱きかかえられたまま泣いていた。

「殺すために戦争するなんて」

　奴隷を取るための戦争も嫌いな僕としてはなんとも言えないが、オルドネーとしては気味が悪いようだった。共感はできないが理解はできる。

「ともあれ、そういうわけだ。骸骨として使役(しえき)されたくなければ逃げるしかない。時間の問題で他を制圧した骸骨たちもこちらに集まって来るだろう。そうなると勝ち目はまったくなくなる」

　僕が言うと、オルドネーは悲しそうに頭(こうべ)を垂れた。

「他の都市に行くくらいなら、死んだ方がいいのではないでしょうか」

「僕は今、他都市にいるけど、そんなにひどい事にはなってない。大丈夫」

　方法は後で考えるとは言えなかった。これでオルドネーを泣かせたら、きっとイルケが怒るんだろうな。頑張ろう。

「信じます。一生面倒、見てくださいね」

オルドネーは僕の手を握って言った。イルケがオルドネーの首根っこを押さえて引きずった。まるで獅子が仔を運ぶような、そんな感じだった。人馬だけど。

「さりげなく求婚しないの」

「え、今の求婚だったの？」

「あんたね……鈍いのもいい加減にしなさい。大丈夫。あんたが考えているよりは、女って弱くもないしバカでもないから」

僕はオルドネーをバカと思ったことはない。そう目で語ったら、イルケは棍棒で僕を叩こうとした。剣の破片が刺さっている棍棒は本当に危ないので、必死に避けた。

「まあ、乱暴なところはあるかもね」

「夢の世界に送ってやる」

「地下の世界の間違いだろ、いや、時間がないんだから素直に聞いてよ」

「フランさま。お姉さまは不安な心をフランさまで癒しておいでなのです」

「どういう癒しだよ！　いや、いいから、聞いてくれ。第一波と第二波の間に行動しようと思ったが、この情勢では無理だ。なるべく早く、屋敷を捨てて脱出する」

「生まれ育った家なのですが」

「家を持っていくのは無理だよ。可能な限り財産は集めていけると思う。二刻くらいなら待てる」

その間になるべく不自然にならぬよう、門からゆっくり撤退、中庭から館の中に集合する。二つの門から同時に撤退するので相当難しい。イタディスさんがいればどうにかなるのに。いや、今いないのは仕方ない。

「あの、財産と一緒にイタディスさんも回収してくれると嬉しいんだけど」

オルドネーに頼んだら、呆れられた。

「ご安心ください。さすがにそれは分かっています」

それはよかった。形式上とはいえ、僕の唯一の家臣なので、心配だった。

今後の事もあるので財産は多ければ多いほどいい。財産をかき集めるのをオルドネーとイルケに任せて送り出した。

ため息一つ。さあ、ここから本番だぞ。剣を振って戦うのよりずっと難しい、でも価値のある戦いだ。なにせ女の子の命が守れる戦いなんだから、僕としては文句がない。母には申し訳ないが復讐のための戦いよりも、いっそやる気があるほどだ。

まあでも、心優しい母なら、許してくれるだろう。都合のいい考えかもしれないけれど。

抱き上げていたアルテが、ようやく泣き止んでいた。僕の顔を見上げて、何が珍しいのかじっと見ている。

「大丈夫。アルテは僕が助けるよ」

そう言ったら、さっぱりした顔で頭を振られた。

「若様は凄いんだね。苦しいのに、悲しいのに、平然としているなんて」

「苦しいのと悲しいのには慣れっこなんだ。とはいえ、女の子が死ぬのは嫌だ。だから戦う。娘さんたちの力を借りないといけないのは、ちょっとふがいないけれど、戦いは勝たなきゃしょうがない」

「うん。僕も手伝います。命を懸けて」

「ありがとう」

僕には弟がいないけど、いたらこんな感じなのかなと思ったら、少し嬉しい気分になった。ジジウム先生の言う通りだ。人も精神も、穢れるとすれば、それは自らの行いによってのみだ。他の何を以てしても、精神は穢れたりはしない。この嬉しさをもって、僕の心は健全だと思おう。オウメスがどれだけ僕を穢そうと、こういう気持ちを消すことはできない。

「あと、それと、いつか僕は、若様を誘惑してみせるよ。今は色々演技力が足りないけど、いつか褥（しとね）を一緒にしてみせる」

アルテはそう言ったが、必要なのは演技力ではなく、胸とか尻とか言動じゃないだろうか。まあ、でも、希望はある方がいいし、なにはともあれ生き残ってからだ。

「アルテ、伝令を頼んでいいかな。これからちょっと走り回ってもらう。まずはゴルゴネーさんに門の指揮をとってもらって、二刻かけて順次撤退してもらう。いいね」

頷いたアルテは、そっくりそのまま僕の言葉を繰り返してみせた。抑揚までよく似ている。

「舞台の脚本のほうが、ずっと難しいですよ。若様。すぐ行ってきます」

「頼んだ。僕は通用門にいるから」

イタディスさんの代わりにゴルゴネーさんをあてるが、もう一つの門の方にはあてられる人材がいない。

「私が行きましょうか。見たところ骸骨は人形兵と互角に見えます」

イリューイリドの言葉に僕は首を横に振った。

「いや、実はイリューイリドには別の仕事があるんだ。重要な仕事だ」

「分かりました。イリューにお任せください」

イリューイリドはにっこり笑って言った。色々あるけど、今はその笑顔をあてにするしかない。

「館の二か所、ちょうど反対側の位置に人形兵を二組置いてね」

「分かりました。すぐ」

イリューイリドはむむむと下唇に力を掛けながら何か念じている様子。そうか、こうやって人形兵を操るのか。直接見ないでも操作できるとは思っていなかった。しかしまあ、これも骸骨と同じでどういう仕組みで動いているのやら。

骸骨兵と比較して人形兵の方が作るのに手間がかかるが、時間さえあれば特に良心を痛めることなく沢山作ることができるので、有利な気がする。大きさもこちらは可変だし。もし逃げきれたら森かなんかに籠ってイリューイリドが扱える限界まで人形兵を増やすとしよう。

それにしてもオウメスめ。人間の兵より骸骨の方がいいと来たか。

大昔、異民族と戦って、色々なダリドの混成部隊だったコフは手痛い敗北を喫したことがある。以降は異民族を見習って極端なダリドを廃して素の人を基準に軍制を整えた。これを境にしてそれまでを軍勢、その後を軍団と呼ぶ。自分で指揮して分かったが、確かにそれぞれがばらばらだと、使いにくい。個々の実力の限界より先に指揮能力の方が破綻してしまう。一〇〇人でも危なっかしいのだから、都市単位では当然だろう。

僕は想像力を働かせる。オウメスの手は、軍団の発展だ。究極の均一、それが骸骨兵だろう。しかしそれは使い手であるウラミが死んだら瓦解する、危うい手でもある。まあ、厳重にウラミを守って対処しているのだろうけど。

オウメスはヤニアの住民を丸ごと骸骨にすることで、都市単位を遥かに超える軍団を編制しようとしているようだ。そんな力を得て、オウメスもウラミも何するつもりなんだろう。僕はそれが、不思議でならない。

青銅の剣を交換し、今度はしっかり楯を構えて通用門へ走った。

通用門ではゴルゴネーさんやアリアグネさんみたいな人がいない分、最初からこまめに交替しながら戦っていた。まさに個々の力が劣っていても粒さえそろえば同じかそれ以上に戦えるというものだ。僕もこっちの戦い方の方がいいと思うけど、実際今動かせるのは一〇〇人の、個性豊かな娘さんたちばかりだ。

結局答えは最初に戻る。皆と面談して特徴を摑む。これしかない。

骸骨兵に押されたふりをして下がろうとして、即座に突き出される剣の多さに冷や汗をかく。数が多い。下がるのは大層難しいように思われた。ちょっとでも隙間が増えると骸骨は剣を突き出してくる。

棍棒と怪力が欲しい。楯で押し返すのも大変で剣で腕を切り払い、そのあとで楯を構えて体当たりした。相手が骨だけなので、僕ぐらいの身体でも、結構押せる。ゴルゴネーさんに命じたものの、ゆっくり下がれというのは非常に難題のような気がした。でもゆっくり下がる形にしないと正門だけ孤立するとか、そういう事態になる。

見えていないところにいる人を信用して戦うのは大変だ。いやでも、ゴルゴネーさんは信用できる。じりじりと下がる。楯で防ぎきれず、いくつか切り傷を作る。痛い痛い、肩の肉を少し持っていかれた気がする。痛みに耐えつつ剣を振って中庭に出る。同じく下がりながら戦うゴルゴネーさんと目が合った。ゴルゴネーさんがちょっと笑ったのが印象的だった。

「屋敷まで下がります！」

「承知！　アリアグネ！」

「いやわー！」

何が嫌なのか分からないが、牛娘のアリアグネさんは大きな木槌を振るって数体をまとめて吹き飛ばした。間合いは広いが隙も多いので危なっかしい。しかしそこはゴルゴネーさんがそつなく防御しているようだった。ぱっと見たところ怪我もない様子。よかった、よかった。僕の方がむしろ怪我をしている。

一緒に戦ってきた娘さんたちに合図して先に下がらせる。屋敷に逃げ込めば一安心、僕の順番は最後だ。そう決めた。

「アリアグネさんの後はゴルゴネーさんで」

「若様が先です」

「いや、ここは女の子が」

ゴルゴネーさんの頭の蛇があらー、という感じでくねっているのが面白い。イルケの尻尾と同じで本心が出ているのかもしれない。

ゴルゴネーさんを押し込みながら僕が扉の前まで下がると、急に骸骨たちが動かなくなった。骸骨の群れをかき分けて、新たに骸骨がやってくる。立派そうな布を巻いた骸骨で、他と違って動きが個性的で、眼窩の奥には赤い光があった。

「こんなところにいたのか……」

僕は首を傾げた。赤い目の骸骨はからからと笑ったあと、言葉を続けた。

「俺だよ、俺、分かんねえかな」

「ウラミ……？」

「そうともウラミさまだ。フラン、自分で言っといてなんだがよく分かったな」

思った以上に、なんというか変わり果てた姿になっていて僕は絶句した。ウラミの骨は笑っている。

「まあ、こんな姿だが意外に悪くはないもんだ。お前もあんまり気にしてなそうだし。んじゃ、帰ろうぜ」

「ちょ、ちょっと、どこに帰ろうってんだ！」

「コフだよ。オウメスさまも待ってる」

何言ってるんだこいつという顔でウラミの骨は言っているが、それは僕も言いたい。

「僕はオウメスと戦ってるんだ」

「兄弟喧嘩だろ。気にするな。俺とカンナでもあったことだ」

ウラミは姿以上に心が変わり果てているように思えた。それとも僕は、ウラミの事を見損なっていたのか。

「何言ってるんだよウラミ、もう沢山死んでるし、ヤニアの人たちだって死んでる」

「それがどうしたんだ。オウメスさまはそんな細かい事気にするような人じゃねえよ」

「気にしようよ！　ウラミも！」

赤い目が点滅したのには、何の意味があったのか。ウラミの骨は頭を振った。からからという音がした。

「俺はそんなこと気にしねえ。お前も気にするな」

「気にするし。僕はオウメスと仲良くなんかできない。なんだよウラミ、こんなに無関係な人を殺さなくたっていいだろ」

「奴隷にするよりはずっとましだ。違うか」

言われて僕は黙ってしまった。母や祖父の様子を見ればその通りだと思ってしまうため、うまい反論が思いつかない。でも心臓は、駄目だと言っている。

「そもそも奴隷も駄目だと思う、殺すのも駄目だ」

ウラミは骨なのにため息をついた。

「駄目だ駄目だってガキじゃあるまいし、じゃあ、奴隷も骸骨も抜きにどうやって生きていくんだ。ええ？　人間と俺みたいな死者はな、健康で文化的な生活をするために奴隷か骸骨がいるんだ。お前だって散々奴隷を使ってただろ」

「オウメスに、半分奴隷として使われてた」

「本気で言ってるのか。奴隷に自分と同じ教育するわけないだろ。そんなことも分からないのか」

反論できない。いや、性の玩具にされていたとか、そういう事を言えばいいのだが、背後では沢山の人が、僕とウラミのやり取りを聞いている。言えない、言えるわけもなかった。

ウラミはしょうがないという風に、ため息。

「ほらな。そういう事なんだよ。だいたいお前の友人になってくれって俺に言ってきたのは、オウメスさまだぜ」

「そんな……でもそんな事一言だって言ってなかったじゃないか！」

「言わなくても察しろ。小さいガキが難民街にふらふらと遊びに来て無事とか、ねえから」

僕の人生は全部オウメスに作られていたのか。足元が崩れるような感じを受けて、僕は膝をついてしまった。

「ということで、さっさと帰るぞ。何、俺からも怒られねえように頼んでやるって。さ、立てよ、王弟さまっ？」

顔も上げられないところで窓が吹き飛んだ。二階の壁を吹き飛ばし、飛び降りたのはイルケだった。棍棒を構えている。

「なんだかよく分からないけどフランをいじめるな！」

「イルケ！」

僕の声をよそに、ウラミがはぁ？　と口を開けた。

「いじめてねえだろ。何言ってるんだ」

「いじめてるわ。私がいじめてると言ったらいじめてるの」

ウラミは顎の骨を自ら外して感想を表現した。

「うは、なんつー自分勝手」

「うちの街の人を骨にしといて自分勝手もなにもないわよ！」

前脚で地面を叩きながらイルケは言った。ああ、イルケは見事にイルケだった。ぶれない、歪まない、自分勝手で怒りんぼだった。

だが、それがいい。

ウラミは僕とイルケを交互に見た後、笑いもせずに口を開いた。

「フラン、お前、もしかして」

「言うな！」

恥ずかしいだろっ。

ウラミは赤い光を一段と強くした。

「しかし、いや、いくら見た目を気にしないからって、これはないだろ」

骨、人馬を笑う。それもどうなんだ。

「お前馬が怖いとか小さい時言ってたろ？」

「なんでそんな事いきなり言うんだよ！」

僕の反論が言い終わる前にイルケは棍棒でウラミを粉砕しようとした。ウラミは危ういところで避けた。

「うお、怖え、死んでても怖え」

ウラミは笑った。しかし下がりながら笑っているので、脅威は感じているようだった。

ウラミが下がった分を骸骨たちが、埋めた。

「フランなら俺を攻撃しないだろと思ってたんで前に出てきてしまったが、周囲の取り巻きがいけねえな」

「ウラミやめろ。僕はこの人たちを傷つけたくない」

「駄目だ。オウメスさまは可愛い弟をたぶらかした奴らを殺せと言ってる。まあ、なんというか、まさか馬、とは思わなかったが」

「馬って言うな!!」

イルケが怒鳴った。怒りを込めて大きく振りかぶって棍棒を投げる。何十もの骸骨が回転する棍棒に潰されていた。ウラミが悲鳴を上げたところを見ると、意外に効果はあったようだ。

でも、それで武器がなくなってしまった。イルケは素手だ。骸骨たちはイルケに群がる。イルケを守らなきゃと飛び出した。楯ごと体当たりして剣を振るった、滅茶苦茶に振るった。イルケは人と違って後ろに下がるのが苦手なので、前を開かないと下がるのもできない。イルケをかばって剣が頭に当たった。幸い頭蓋骨で剣が止まった。見た目は激しいが出血はさほどでもない。僕は喚きながら、僕の頭を切った骸骨を楯で殴り倒し、呆然としているイルケの手を引いて走った。

扉は無理だ。イルケが頭をぶつけてしまう。身をかがめるのも難しい。平原では無類の速さと運動能力を持つ人馬だけど、人家では日常生活に支障が出るほどあちこちで問題がある。

どうすると思ったのは一瞬だ。しばらく寝泊まりした屋敷とあって、どういう構造かは頭に入っている。

夕食を一緒にとれるよう、イルケが二階に入れるように作られた傾斜を登り、屋敷の中にイルケを押し込んだ。登って来る骸骨どもを切って殴って蹴り倒した。

イルケが姿を消したせいかウラミが少し戻って来て、僕を見上げる。

「フラン、もうよせ。怪我してるじゃないか」

「そう思うなら退いてくれよ」

僕が言うと、ウラミは皮肉そうに顎の骨を鳴らした。

「そういうわけにもいかねえだろ。お互いもう大人なんだ」

「大人ってなんだよ。人を殺したりすることか」

「大人っていうのはここにいない奴に配慮するってことだ。戻れ、戻れよフラン。お前じゃ無理だ。お前はこんな姿の俺だって攻撃できないじゃないか。そんなんであの人に、オウメスさまに逆らうなんてできっこない」

「行かないでください」

背中から声がした。イルケと抱き合った、オルドネーだった。

「行かないでください。フランさま。ほら、お姉ちゃんも何か言って！」

「地が出ているよ、オルドネー」

僕がそう言うと、オルドネーはちょっと恥ずかしそうにしてイルケの腕を引っ張った。

イルケはなぜか、激しく動揺したような、そんな顔をしている。逡巡しているようにも見える。何に逡巡するのか。僕には分からない。

「お姉ちゃん！」

「うるさいわね。べ、別にフランなんてどうだっていいわよ。帰りたければ帰ればいいでしょ。誤解も解けたみたいだし」

イルケはそっぽを向いた。

イルケに行かないでと言われたいだけの人生だった。まあ、別にいいんだけど、別にいじけてはいない。イルケは結婚願望が強いけど、別に僕が好きとかではないみたいだったし。いいよ別に。そう、僕は皆を逃がして生活を立て直してオウメスを殺したらジジウム先生を捜して世界の果てに行くんだ。そこにはきっと人馬の村とかあるからいい。きっと僕みたいなのでも好きと言ってくれる人馬がいるに違いない。違う、そもそも人馬にこだわらなくたっていいじゃないか。なんで僕はこんなにぐるぐるしているんだ。

「傷が痛むのか」

心配そうにウラミが言った。敵の方が優しいなんてどうなんだよと誰かに文句を言いたいが、言う相手もいない。

イルケを見る。イルケはひどくつらそうな顔をしている。なんだってそんなに傷ついた顔をしているのか、僕には分からない。

僕はウラミを見た。言われたせいか緊張が解けたせいか知らないが、今頃痛くなってきた。

「心配してくれてありがとう。一つ聞いてもいいかな。なんでその姿なんだい。僕が知る限り、ウラミはダリドを得ても普通の人間の姿だったはずだ」

「なんだ突然。時間稼ぎのつもりか？　言っとくが無駄だぞ。門の外には一〇〇〇以上の骸骨兵がいる。そもそもどこに逃げるんだ。貧乏貴族じゃ船を操る奴隷だって事欠くだろうし、ロクボロボスにでも陸路で逃げるか。無理だろ。異民族に殺されるのがオチだ。あっちはお前だからって遠慮しねえぞ」

「そうよ、帰った方がいいんじゃないの」

「お姉ちゃん！」

後ろからイルケが言ってオルドネーが止めた。さっきは僕をいじめるなとか言って二階から飛び降りたりしたくせに。

「だって怪我してるじゃない。血が一杯出ている」

泣きそうで小さな声。そうか。僕を心配しているのか。

もう、仕方ないなイルケは！　急に怪我が痛くなくなった気がするぞ。

「なんでそんな事を聞くのかと言えば、それはウラミ、君が僕の怪我を心配したのと同じだよ。こうなってはしまったが、友達だろ」

「だな。確かに」

ウラミはそう返して顎の骨を開いた。

「お前がぶっ殺してくれたトウメスに難民街を焼かれた」

「それはよく覚えている。いや、一日も忘れたことはない」

「なら話は早い。それで俺は全身に火傷を負った。オウメスさまがこっそり助けを送ってはくれていたものの、な。まあ、そもそも助からない話だったのさ」

赤い光を明滅させて、からからと笑った。

「そんな顔するなよ。仇はお前が取ったんだから。それでまあ、全身黒焦げ、死を待つばかりだったんだが、オウメスさまが一つ知恵をくれた。俺のダリスを俺に使うってやつだ。駄目元だったが、俺は生き返った。いや、生き返ってはいないが、死んでもいない状態になった」

「カンナは？」

「死んだよ。イリューイリドさんから聞いてないのか」

ウラミに仕えていたはずなのに、イリューイリドさんとはどういう話だろう。ともあれ、そうか、妹は、カンナは死んじゃったのか。

「悲しそうな顔すんなよ、別にあいつの胸を揉むとか考えてなかったろ。元からなかったし」

「ウラミ、故人に失礼だぞ」

「まあな。本人に言ったらばらばらにされちまう」

「ばらばらって……」

「俺がダリスを使ったのは、俺にだけじゃないってことだ」

「ホントかい、よかった……」

「はっ。よくはねえだろ死んでるんだから。まあでも、お前に一目でも会いたいってな。この事は言いたくなかったが、まあ、とにかくそういうことだ。帰るぞ、フラン」

「待て。もう一つだ。なぜ僕に言いたくなかったんだ」

「本人の希望だ」

ウラミは骸骨兵を寄せてきた。傾斜を再び登り始めてくる。

「って、お喋りはオウメスさまの屋敷でやろうや」

「ごめん。帰れない。ウラミとは沢山話したいし、カンナにも会いたいが、無理だ」

僕は二歩下がった。

「わがままだな、フラン」

「違う。助けたい娘がいるんだ」

ウラミの骨はからから笑った。

「妹が悲しむかな。いや、喜ぶかな。まあ、どうでもいい。そういうつもりなら遠慮はしねえ。お前の助けたいやつを全部殺してから、新しい気分で連れ帰ってやる」

「殺して思いが消えるわけないだろ！」

骸骨兵が突撃する。僕は後ろに下がった。

アリアグネさんが即座に長椅子を積み上げて即席の妨害とした。骸骨は頭悪くも障害物に切りかかっていた。

髪が汗で濡れている。自分が思ったよりずっと荒い息をしているのに気付いた。傷は前ほど痛くはないが、これが僕のダリスによるものかどうかは分からない。単にイルケが僕を心配していることに興奮した、それだけかもしれない。

「大丈夫ですか」

オルドネーは夜目が利かないせいで、僕に体当たりするような感じになりながら言った。

「大丈夫だよ。オルドネー」

「あんたバカよ。あんただけは助かるところだったのに」

イルケはまだそんな事を言っている。僕はイルケの尻尾を見た。あれ、しょんぼりしている。喜んでいると思ったのに。まあいいか。イルケが僕を心配しているのは確かだし。

「イルケやオルドネー、みんなを置いて行けるわけないだろ。いいから急ぐ」

皆は一階の広間に集合していた。不安そうな顔、顔、顔。同時に多彩な姿をしている。骸骨の群れでよしとするオウメスとは気が合わないなと感想を持って、僕は階段の途中から声を掛けた。

「これから皆で脱出する。向から先は港だ。船で脱出する」

「うち、泳げんよ？」

牛娘のアリアグネさんはとても不安そう。そうなのか。島から島に牛が泳いで渡ることもあるというのに。まあイルケが草しか食べないようなものか。何事にも例外はある。

「大丈夫。実は五人くらいは船の使い手がいる」

「五人ぽっちじゃ船は扱えないわよ」

イルケの言葉に、僕は笑った。

「うん。大丈夫。それについても考えてある。というより、思いついた」

もっとも、その港に着くまでが大変だ。市街をほぼ横断しないといけない。

「夜目が利き、空が飛べる者は真っすぐ南に飛んで行ったあと、東に回って港へ向かう」

「はいはーい、それはなんでですか？」

おしゃべりな半人半鳥のパラスさんが言った。卵が好きなのだが罪の意識を覚えるという難儀だけど明るい人だ。

「空を飛ぶ皆は安全性が高いので、囮の役もやってもらいます。といっても敵を引きつけるとかじゃなく、飛んでいる方向を見せつけるだけなんですけど。わざとゆっくりやったりすると気付かれるので、普通にお願いします」

僕は皆の顔を見ながら言った。

「で、残った者のうち、移動が難しい人、脚が遅い人は担がれて運ばれてください。力自慢は担いで走る。こちらは真っすぐ東へ、港へ向かいます。護衛もつけます。アリアグネさんとかイルケは力持ちなのを利用してこっちかな。夜目が利かないオルドネーやイタディスさんもこっち」

「それじゃ鳥さんたちが南に逃げるの意味ないじゃない」

イルケが難しい顔で言った。敵もこれぐらい単純だといいんだけど。

「大丈夫。要は順番さ。で、飛ぶ人たちに続いてそれなりに脚が速くて戦う力がある人たちが南周りで港へ向かう。こちらは飛ぶ人たちほど大きくは回らないけど、それでも結構回り道する。特に最初は敵の追撃が激しいから、うまく脱出して欲しい。こちらには一番強いゴルゴネーさんをあてる。アリアグネさんの乳を飲んで、回復してから向かってください」

「若様はどうするのです」

ゴルゴネーさんが険しい顔で言った。僕は笑ってみせた。

「飛ぶ人たちと陸路で南に行く人が発った後、僕は西に逃げる。そこから大回りする。移動距離は大変なことになるけど。まあ、なんとかなるよ」

「囮、ですか」

ゴルゴネーさんは反対という顔。しかし、僕としてもここは譲れない。僕が囮にならないと、信憑性がない。

僕の考えはこうだ。第一陣から第二陣までは南に逃げる。これが第一の囮。第三陣が僕で西に逃げる。これも囮。第二の囮だ。第四陣が本命で東の港へ向かう。敵が多数でもヤニアの制圧もあるし僕が狙いである以上はそちらに多くを割かざるをえない。皆でまとめて逃げるよりは、こちらの方がずっといいはずだ。

「囮というならゴルゴネーさんたちも囮です」

「敵の狙いは若様でしょう。危険です」

「今危険でない人は一人だっていないですよ。大丈夫。それと、僕について来てもらうのはアルテとアフロスさんだ。それぞれ姿を隠してね」

アルテはうやうやしく舞台役者のように頭を下げた。

「了解っ」

巻き毛で液状化するアフロスさんは元気よく液状化した。

「分かりました。若様！」

アフロスさんは陶器の壺に隠れてもらい、アルテは小さくなってそばを飛んでもらうことにした。

イリューイリドが手を挙げた。

「それで私は、どうすればいいのでしょう」

「集結させた人形兵を使って壁を破ってください。そこから逃げます。屋敷の門に敵が集中している関係で、横から逃げます。その後は最後に逃げる人たちと一緒に逃げてください」

「うちの屋敷……長い歴史がある屋敷なんですけど」

オルドネーが悲しそうに言ったが、これればかりはどうしようもない。僕は手を叩いた。

僕を一番確実に捕まえる手は誰かを捕まえてそれを人質にすることだ。でもそれは、ウラミはやらないだろう。あるいは目の届かないところの骸骨は、そこまで複雑な事ができないと見た。

背後から物音。障害物を越えて骸骨が侵入を始めている。

「急ごう。ただちに行動開始だ」

窓から翼を持つ者たちが次々と飛んでいく。鳥乙女のパラスさんが窓に摑まりながら僕を見た。

「若様、元気で」

「朝までにはまた会えるよ。さあ」

パラスさんって真面目な顔すると美人なんだなと思いながら、僕は見送った。

笑う間に人形兵が石と漆喰の壁を破って穴を作る。ゴルゴネーさんが僕に抱き付いた。頭の蛇も僕にすりすりした。意外にこの蛇可愛い気がする。

「ご無事で」

「大丈夫」

ゴルゴネーさんは剣を取って走り出した。他の娘さんたちも続々、僕に会釈したり弱々しい笑顔を見せてから走って行った。

ゴルゴネーさんは僕の負担を減らすためか、自ら叫びながら遠ざかっている。いや、それはそれで分かりやすいと思うんだけど、まあ、仕方ない。

僕は山ほど荷物を括りつけられたイルケを見た。おそらくそれらは小百合家の財産だろう。僕はイルケに微笑むと、じゃあねと言った。

イルケとオルドネーが目配せをした。オルドネーが紐を引くとイルケの荷が落ちた。

「私はついていくわよ。て、敵はなんか私とあんたの関係を誤解してるみたいだし。囮ならぴったりでしょ」

それは僕も考えたが、危険なのでイルケを外したのだった。僕が死んでもアルテやアフロスさんなら生き延びられる。

僕は財産を捨てたイルケを見て、恥ずかしくなった。イルケに真っすぐ見られると、弱い。

「危ないんだ」

「分かってるわよ」

大きく息を吐いた。しょうがない。いや、本当はこれが一番いい。

「じゃあ、しょうがない。行こう」

手を伸ばしたら、イルケは目を合わせないようにして僕の手を取った。こんな時くらい僕の顔を見てくれたっていいじゃないかと思いはするが、仕方ない。

オルドネーを見る。

「姉さんはきっと返すから」

「はい。フランさまも戻ってきてください。私はフランさまとの結婚、諦めてませんから」

僕が表情を緩める間もなくイルケが僕の頬を引っ張った。

「はとはのんだ（あとは頼んだ）」

まったく格好いい事は言えず、僕はイルケと外に飛び出した。

こっちは黙って走る。少数で別方向に逃げるというのが、らしい逃げ方というものだ。引っかかってくれと思ったら、全然骸骨たちがついてこないので、焦った。

「ついてこない⁉」

「いい事じゃない」

イルケは走りながら言った。

「いやいや、これでは困る」

とはいえ戻って囮ですと言うわけにもいかない。参ったな。少人数で少しずつ脱出させた方がよかったか。前振り出したんだけどな。ウラミのやつこんな罠に引っ掛かるなよ。逆に困るじゃないか。

虫のいいことを考えすぎかと渋面を作っていると、耳元でアルテが羽ばたいた。

「若様が自然な形で見つかればいいんだね。任せてよ」

「なにするつもりなんだい」

「裏切った振りして若様の情報を教えて来るよ。それでいいんだろ?」

「ウラミもオウメスも裏切者は好きじゃない。危ない」

「大丈夫。僕だって本気で裏切るつもりはないんだから、すぐに逃げるよ」

どうしよう。いや、僕の方に多少でも敵が引きつけられてくれた方が、いいに決まっている。

「分かった。頼む」

「任せて。僕の演技、ばっちり決めてくるから」

アルテは耳元でささやくと屋敷の方へ飛んで行った。

「よし、アルテに任せて逃げられるだけ逃げよう」

なぜかイルケが面白くなさそうな顔をしている。尻尾まで面白くなさそう。理由を聞きたいが聞く暇もない。並んで走っていたら、イルケが口を開いた。

「なんで並んで走ってるのよ」

「なんでって、道、広いし」

「違う！　二本足じゃ遅いって言ってるのよ」

見ればいつも巻いてある鞍が広げられていた。どうも僕がそれに気付かないので怒っていたらしい。

「ごめんごめん、鞍に気付かなかった」

「それはどうでもいい」

どうでもいいのか。

「いいから、乗って」

「い、いいの？」

「緊急事態だから仕方ないでしょ。本気で逃げるなら私の背に乗るくらいじゃないと」

「あ、うん」

おっかなびっくり、イルケの背に跨る。落ちないように内股に力を込めて挟み込む。イルケの肌は柔らかく、温かい。どうしよう、興奮してきた。

「ヘンなことしたらぶっ飛ばすから」

「あ、うん。分かってる！」

イルケは鼻息一つ飛ばすと、僕と壺を乗せて走り出した。

こんな速度で大丈夫なのかという速度で走る。骸骨ではとても追いつけまい。街の外に広がる麦畑に出てしまった。このままいっそ、北に、コフに走ってオウメスと対決してやろうかという気にもなるが、さすがにそれは無謀だろう。どっちに行くか迷ったときに、何か大きなものが姿を見せた。

大きな黒い鳥、鳥がウラミと思しき赤い光を湛えたしゃれこうべを運んできた。そのまま落として、しゃれこうべは麦畑の中を転がっていく。行く手を阻まれ、イルケが足を止めた。

「ウラミ」

「囮にしては滅茶苦茶速ぇぞ。まさか本気で女たちを囮にしたのか」

するわけないだろと怒鳴ろうとしたら、壺からアフロスさんが出てきて僕の口の中に入った。もがき苦しんで吐き出して、何度か壺を叩く羽目になった。うまい行動だと思うけど死ぬかと思った。

「どうした」

「なんでもない。そんなの教えられるわけないだろ」

「いやーな答え方だぜ、フラン。俺はお前が見捨てるような奴じゃないと思ってた」

実際そうなのだが、そうだと答えると罠だとばれてしまうし、壺の中のアフロスさんはぶくぶく言って僕に警告している。若様駄目ー！　とか、おそらくはそんな感じだろう。

「やっぱあれだろ」

ウラミは別の骸骨に頭を挿げ替えて僕を見た。距離は二〇歩ほど、意外に遠いのはイルケを警戒しているためだろう。まあ、イルケなら、僕の親友でも殴る。迷わず殴る。

「お前さ、俺とカンナが焼かれる時、見捨てたろ」

「誰がするかそんな事！」

イルケの長い耳が衝撃で揺れるほど僕は叫んでいた。ウラミは顎の骨をカタカタさせながら笑っている。

「口ではどうとでも言えるよな。じゃあなんで逃げるんだよ。やましいからだろ！」

「違う！」

イルケが突然走り出して落ちるかと思った。背後で骸骨が立ち上がり、続々と剣を構えていた。

骸骨を動かすまでの時間稼ぎだったのか。それとも、本気で僕を疑っていたのか。

「フラン、あんた動揺しすぎ」

イルケに言われて不本意な気分になった。僕が黙ったのを見て、イルケは鼻息一つ。腕を組んでウラミを見た。

「フランがそんな卑怯なことするわけないでしょ」

「走って逃げておいて何言ってるんだ」

「バカね。あんたがノロマなだけでしょ。なんで焼かれたか知らないけれどそれだってノロマなせいよね」

ウラミは言葉にならないほど怒っている。怒っていると思ったら、急に笑い出した。

どこからどう出てきているのか、骸骨がさらに増えて僕たちを囲んでいる。武器を持っていないのも沢山いるあたり、もともとこの地にあった奴隷の死体だったのだろう。農場で死んだ奴隷がそのまま肥料になることはよくある。

「逃げられると思ってんのか」

「もちろん」

「ウラミ逃げて！」

僕が言い終わる前にイルケは僕の剣を抜いて投げた。回転しながら飛ぶ青銅の剣は冗談のように骸骨たちをなぎ倒した。ウラミの頭蓋骨も叩き割られそうになる。すんでのところで避けたがまた麦畑を転がって行った。

「あんたを殺せばいいんでしょ。人を刺すのはちょっと嫌だけど、あんたとか骨だったら、私、全然大丈夫だから」

「いやイルケ、ウラミは僕の友達なんだよ」

僕の嘆願は、そっぽを向かれて終わってしまった。

「そうらしいわね。でもヤニアの人間には復讐する権利があるわ」

言い分はもっともだ。イルケが怒るのも分かる。僕と違って知っている人も多いだろうし、生まれ育った街だ。でも、イルケに復讐なんて似合わない。

名前を呼びかけて、さらなる大笑いが耳を打った。

「はっ、はっ、いいね。その人馬、いかにもフランの趣味というか、俺の妹にそっくりだ。でもな。だからこそ、人馬、お前殺すわ」

「ウラミ！」

「黙ってろ、フラン。そこの人馬は俺に恨みがある。俺は人馬を生かしておけない。対等だ。イヒヒヒ。勝負だ。勝負しろ。殺してやる。お前も骨にしてやる」

地面を割って姿を見せたのは一際大きな骨だった。人間よりはるかに大きい、牛頭の人間の骨。僕はこの大きさに見覚えがある。骨だけになってしまっても、なんとなく分かってしまうものだ。その骨は僕の兄、トウメスのものだった。

「いくらお前がバカ力でもこの骨は砕けねえぞ」

麦畑で転がったまま、姿を見せないウラミは言った。よほどイルケの投擲攻撃に懲りたらしく、姿を見せないつもりのようだ。

僕は変わり果てたトウメスの姿を見て、さすがに可哀想だなという気になった。いい兄ではなかったが、埋葬するぐらいはやってもいい。まあ、殺したのは僕だけど。

顔をあげると、イルケが固まっていた。この事態に何をと思ったら、夜目にも分かるほどに顔を赤くして硬直していた。

「フ、フランが私を好き、ですって?」

今頃気付いたような反応に僕はおののいたが、いや、それどころではない。駄目だ。イルケが使い物にならない。

僕は跨ったまま、イルケの細い肩を両手で揺らした。

「イルケ!」

「ななななな何?」

「それどころじゃないから！　今は目の前に集中して」

「乙女にとってこれ以上のことがあるかぁ！」

僕はイルケから振り落とされた。え、僕に好かれて動揺してたんじゃなかったの。

「仲間割れはよせ」

敵というかウラミにまで言われてしまった。仕方がないと立ち上がって、トウメスの骨と対峙する。再利用などされぬよう砕いてやるのが親切だ。でも、この大きさをどうしよう。

剣を抜こうとして剣がないのに気付いた。そういえばさっきイルケが投げつけたのだった。まったく考えなしめ、ええい。

まさかの素手で戦うことになった。トウメスの骨は動きこそ遅いが間合いが大きい。かつて持っていたのと同じ巨大な棍棒の先端速度はバカにできない。根元がゆっくりでも先は素早いのだなと、そんなことを思った。

しかし、やりようはある。いや、前に生身のトウメスを相手にした時と比べれば、今度は比べものにならないくらい容易い。生きていたトウメスには戦いの経験に根ざした創意工夫があった。今こうして棍棒を考えもなしに振り回す骨は、トウメスの骨を使っていてもトウメスではない。

鍛錬不足の僕よりずっと弱い。どうやって倒したり骨を砕くのかは考えてないけど、それでも弱い、とは断言できる。

大振りの一撃を避けながら、僕は醒めた頭で考える。ヤニアは陥落し、落ち延びる最中ではあるけれど、オウメスはやはりオウメスだった。オウメスは戦士をバカにするところがあり、それがウラミにも伝染している。

多少劣っていても数で圧倒すればいい。それはまあ、確かにそうだろう。でもそれだけじゃない。ジジウム先生の問いかけには別の答えもある。

再度の攻撃を避けながら、僕はオウメスにそれ以外の答えを教えてやる気になった。今はトウメスの骨を砕くくらいしかできないけれど。いつかは必ず、オウメスにもウラミにも、心の底から教えてやる。

数だけが、均一なものだけが勝利の条件ではない。人は、娘さんは全部違ってそれが良い。僕はそれで勝つ。

危ういところを避けてみせる。

取り敢えずはあれだ。前と同じで地面に引っ張る力を利用して転ばせるか。

となれば、懐に飛び込む、しかない。しかし、飛び込んでどうする。転ばせてどうする。僕の拳ではトウメスの太い骨を折る事はできないだろう。そう思ったら、紐で肩からぶら下げていた壺が揺れた。すぐに液状のなにかが落ちて巻き毛の女の子の姿に変わる。液状のアフロスさんだった。

「武器も鎧も服もないですけど、いないよりましでしょ？」

その顔を見て、確かにそうだと思い直した。

今の僕の手持ちの女の子は惚けてるイルケと壺の中のアフロスさんくらい。アフロスさんはいざという時の物見に使おうと思っていたけど、今回は武器として使う必要がある。

考えろ。知恵を動員しろ。自分でも気づいていないような娘さんの力を、良いところを引き出すんだ。

骨相手ではさっきの僕のように窒息させることはできない。でも、まあ、似たような別の手でいけばいい。

「アフロスさん、あの牛人の手に泡をつけられる？」

「え、泡ですか、若様？」

「そう！　泡！」

僕は棍棒を避けてアフロスさんを抱えてトウメスの懐に飛び込んだ。アフロスさんは手から泡を出してトウメスの手を洗った。トウメスの棍棒が滑って落ちた。骨じゃ摑むのが難しい。

「イルケ！」

僕の渾身の叫びはどうにかイルケを復活させた。イルケは我に返って棍棒を両手で拾った。上下逆で太い方を持っていたが、イルケの使い方なら問題ない。イルケは大きく振りかぶって一回転しながら棍棒を投げた。トウメスの骨は頭から砕けてばらばらになった。

「逃げるよ！　イルケ！」

「逃げるな！　フラン！」

そう言ったウラミの頭蓋骨はアフロスさんに拾われた。にゃぁと笑ったアフロスさんはイルケの背にそれを投げる。イルケは後ろ脚でウラミの頭蓋骨を蹴って遠くへ飛ばした。

死んでいるけど死んでいないといいけれど。

「さ、行きましょ。あと、その、私がどうとかは、あとでゆっくり、説明聞くから」

イルケはそう言って、自分の背に乗るように指示した。

終　章

東の港にて

Ta eis heauton 02

イルケは走りに走って、港に着いた。砂浜に木の棒が転がっていて、その上に船がある。夜明けが近くなって空が明るい。僕は皆を捜して目を彷徨わせた。生きていて欲しい。無事であって欲しい。

目より先に耳が味方を見つけた。いくつもの歓声が沖のほうでする。浮かんでいる大きな船の上に、娘さんたちがいる。アルテやオルドネー、アリアグネさんも、ゴルゴネーさんもいる。

イルケは僕を乗せたまま海に飛び込んだ。いくらなんでもそりゃ無茶だとイルケに抱き付こうとして、抱き付いたら肘鉄を食らうとか思ってしまった。結果、抱き付けずに僕は海の中で転げ落ちた。ひどい話だ。そう思ったら、海の中を数名の娘さんたちが泳いでやって来た。面談したことのない娘さんたち。人魚や、下半身が蛸の人。

僕を優しく拾い上げてくれた人は下半身が格別に長い魚の人だった。魚というより海蛇だ。とんでもなく長い身体とヒレが、水中ではとても優雅に見えた。

抱き上げられて水面に、出る。

「お初にお目にかかります。若様、わたくし、ナウシカァと申します。伝令、確かに受け取っておりました」

「ありがとうございます」

「いえいえ」

そのまま船に運ばれる。皆が無事で本当によかった。のだが、僕に向かって人馬が、いやイルケが水泳して迫ってきていた。顔は怒りの形相で、ウラミを前にした時よりよほど怖い顔だった。

「こ、この浮気者ぉぉぉ！」

あらあらと言ってナウシカァさんが僕を離して水中に逃げた。イルケに蹴られたら水中だろうと無事では済まない。

僕は海の水を飲みながら、誤解だと言った。

Ta eis heauton 02 —— finis

あとがき

『黒剣のクロニカ』2巻をお届けします。各書店の皆さま、特に地方の書店の皆さまと、コミック専門店の皆様の力強いバックアップがあってこその人気でして、特に厚く御礼申し上げます。

あと、イラストのしずまよしのりさんが、今回もいい仕事をしてくださっております。ありがとうございます。営業さんもありがとうございます。多謝、多謝。編集の平林さんのお世話になっているのも言うに及ばずです。ありがとうございます。なにより読者の方に手に取ってもらえる以上の喜びはございません。

と、まずはお礼を述べてみます。いつも最後で取って付けた感があるので、今回は最初に書いてみました。

ちなみにしずまさんのデザインは今回も冴えているというか、ファンタジーコスチュームや種族デザインの教科書を書き換えるレベルでして、正直このデザインでゲームを作りたいと思いました。小説だけで終わらせるのが惜しい、と関係者に思わせるあたりが凄いんだなと思っております。本人はいたってひょうひょうと楽しげに描かれているとのことでしたが。凄いお人だ。

閑話休題。本編の話です。

『黒剣のクロニカ』一巻では、主人公のフラン君が復讐だけを考える陰険な子から人馬に心奪われて色んなものを投げ捨てて（楯とか服とか作戦とか盛大に投げ捨てました）戦うお話でしたが、二巻では投げ捨てた状態から拾い集めて新しい自分を構成していくお話になっています。

フランという古代人なのに現代人ぽい考えの主人公を作る時、どうしても避けられないのが抑圧でした。相対的にみれば現代が一番抑圧されてない時代のはずなんですが、古代人を現代人ぽく描こうとすると、どうしても強い抑圧を抜きに語ることはできません。これは現代に至るまでに色んな抑圧と戦って、自由を獲得していった歴史があり、その歴史と勝ち取った上にいるのが我々現代人だからです。

現代人ぽい古代人とは、要するに奴隷だ難民だで強く抑圧されている人なんですよね。現代の我々は抑圧されていた人々の精神的子孫、ということもできます。それこそ長い時間と歴史を経て、戦い続けてこうなったというわけですね。

現代人が古代世界なり異世界に飛ぶという話は昔からありますが、毎回トラックに轢かれなくても現代人ぽい古代人は沢山いたりするわけです。

その上で、自由を得た主人公フラン君がどう成長するのか、というのが二巻の主眼です。

キーワードは女体。女体と女性の美しさと良さに目覚めて、それらを守るために成長し、戦うお話になっています。歴史上自分勝手な若者から皆の英雄になるための一歩は、だいたい美しさに目を奪われるところからスタートするのが定番ですが、フラン君もやっぱりそうなるわけです。

歴史上では美しさ（価値）を認めるとそれを保護したり守ったりしようとなって、結果的に英雄になった人が沢山います。定番とかやっぱりとか言いますが、歴史とは美しさを認めて戦った人々の歴史なんですね。

フラン君の成長にご期待ください。

同時に一番大敗するのが今巻でして、負けっぷりはいっそ気持ちよく描けていると思います。ゲームでは負け戦からの収拾がたいてい一番面白いものですが、その面白さをちょっとでも出せたらなと考えながら書いておりました。

そうそう、そういえば、『黒剣のクロニカ』の設定を生かしたゲームをtwitter上でやりました。二巻発売前の販促だったんですが大変な盛り上がりで、二回開催することになったりしました。ゲームの結果は本小説にも反映されていたりします。とはいえ、読者にとっては別に気にする必要もない話なんですが、ゲームが好きだったら検索すれば情報がでてくるかもしれません。また開催してくださいという声も大きいのですが、ゲームばっかりやっていると小説が進まないので、当面は頑張って本を書きたいと思っております。

次は『マージナル・オペレーション改』です。初夏に二巻が出ます。近未来のミリタリーチックな話なので、『黒剣のクロニカ』とは雰囲気が大分違うのですが、あちらもあちらで面白いと思っております。ぜひ、手に取っていただければと思います。

それではまた、よき機会に。他のレーベルや出版社での小説、ゲーム、マンガも順次出ますので、そちらでもお会いできるといいなあと思っております。

二〇一七年二月吉日　芝村裕吏

本書は書き下ろし作品です。

Illustration しずまよしのり
Book Design 川名潤（prigraphics）
Font Direction 紺野慎一

使用書体
本文――――A-OTF秀英明朝Pr5 L＋游ゴシック体Std M〈ルビ〉
柱――――A-OTF秀英明朝Pr5 L
ノンブル――ITC New Baskerville Std Roman

星海社
FICTIONS
シ1-19

黒剣(くろがね)のクロニカ 02

2017年 3月15日　第1刷発行　　定価はカバーに表示してあります

著　者 ―――― 芝村裕吏(しばむらゆうり)
©Yuri Shibamura 2017 Printed in Japan

発行者 ―――― 藤崎隆(ふじさきたかし)・太田克史(おおたかつし)
編集担当 ―――― 平林緑萌(ひらばやしもえぎ)

発行所 ―――― 株式会社星海社
〒112-0013 東京都文京区音羽 1-17-14 音羽 YK ビル 4F
TEL 03(6902)1730　FAX 03(6902)1731
http://www.seikaisha.co.jp/

発売元 ―――― 株式会社講談社
〒112-8001 東京都文京区音羽2-12-21
販売 03(5395)5817　業務 03(5395)3615

印刷所 ―――― 凸版印刷株式会社
製本所 ―――― 加藤製本株式会社

落丁本・乱丁本は購入書店名を明記の上、講談社業務あてにお送りください。送料負担にてお取り替え致します。

なお、この本についてのお問い合わせは、星海社あてにお願い致します。

本書のコピー、スキャン、デジタル化等の無断複製は著作権法上での例外を除き禁じられています。

本書を代行業者等の第三者に依頼してスキャンやデジタル化することはたとえ個人や家庭内の利用でも著作権法違反です。


ISBN978-4-06-139963-1　N.D.C913 224P.　19cm　Printed in Japan

星々の輝きのように、才能の輝きは人の心を明るく満たす。

その才能の輝きを、より鮮烈にあなたに届けていくために全力を尽くすことをお互いに誓い合い、杉原幹之助、太田克史の両名は今ここに星海社を設立します。

出版業の原点である営業一人、編集一人のタッグからスタートする僕たちの出版人としてのDNAの源流は、星海社の母体であり、創業百一年目を迎える日本最大の出版社、講談社にあります。僕たちはその講談社百一年の歴史を承け継ぎつつ、しかし全くの真っさらな第一歩から、まだ誰も見たことのない景色を見るために走り始めたいと思います。講談社の社是である「おもしろくて、ためになる」出版を踏まえた上で、「人生のカーブを切らせる」出版。それが僕たち星海社の理想とする出版です。

二十一世紀を迎えて十年が経過した今もなお、講談社の中興の祖・野間省一がかつて「二十一世紀の到来を目睫に望みながら」指摘した「人類史上かつて例を見ない巨大な転換期」は、さらに激しさを増しつつあります。

僕たちは、だからこそ、その「人類史上かつて例を見ない巨大な転換期」を畏れるだけではなく、楽しんでいきたいと願っています。未来の明るさを信じる側の人間にとって、「巨大な転換期」でない時代の存在などありえません。新しいテクノロジーの到来がもたらす時代の変革は、結果的には、僕たちに常に新しい文化を与え続けてきたことを、僕たちは決して忘れてはいけない。星海社から放たれる才能は、紙のみならず、それら新しいテクノロジーの力を得ることによって、かつてあった古い「出版」の垣根を越えて、あなたの「人生のカーブを切らせる」ために新しく飛翔する。僕たちは古い文化の重力と闘い、新しい星とともに未来の文化を立ち上げ続ける。僕たちは新しい才能が放つ新しい輝きを信じ、それら才能という名の星々が無限に広がり輝く星の海で遊び、楽しみ、闘う最前線に、あなたとともに立ち続けたい。

星海社が星の海に掲げる旗を、力の限りあなたとともに振る未来を心から願い、僕たちはたった今、「第一歩」を踏み出します。

二〇一〇年七月七日

星海社　代表取締役社長　杉原幹之助
代表取締役副社長　太田克史

☆星海社FICTIONS

30歳のルーキー(ニート)、
戦場に立つ!

芝村裕吏
YURI SHIBAMURA

マージナル・オペレーション
MARGINAL OPERATION

ILLUSTRATION
しずまよしのり

年収600万円の傭兵稼業。
ニートが選んだ新しい人生(オペレーション)は、
新たな戦いの叙事詩(マーチ)は、ここからはじまる——。

新鋭・キムラダイスケによるコミカライズ、
『月刊アフタヌーン』にて連載中。
新たなる英雄譚を目撃せよ。

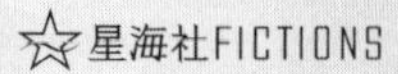

公女オレーナに協力し、
極東にコサック国家を建設せよ。

日露戦争屈指の激戦、黒溝台の戦いで負傷した騎兵大尉・新田良造。
帰国した彼にもたらされたのは、家出同然で日本にたどり着いた可憐なコサックの少女・オレーナと、彼女に協力してコサック国家を建設せよとの密命だった。

20世紀初頭のユーラシア大陸を舞台に、大日本帝国の勇敢なる騎兵大尉にして、〝一人目のアラタ〟新田良造の戦いが始まる――。
芝村裕吏×しずまよしのり、『マージナル・オペレーション』のタッグが放つ凍土の英雄譚、ここに開幕！

遙か凍土のカナン

試し読み、星海社webサイト
最前線にて公開中！
http://sai-zen-sen.jp/fictions/harukana/

☆星海社FICTIONS

伊吹契×大槍葦人が贈る“未来の童話”――

アリス+エクス+マキナ

ALICE EX MACHINA

高性能アンドロイド・アリス――

その普及に伴い、彼女たちの人格プログラム改修を行う“調律師”たちも、

あちこちに工房を構えるようになっていた。

ある日、調律師である朝倉冬治の工房に、

15年前に別れた幼馴染と瓜二つの顔を持つ機巧少女（アリス）が訪れる。

ロザと名乗る彼女は一体何者なのか。何故工房に現れたのか……。

哀しくも美しい機巧少女譚（アリス・メルヘン）がはじまる。

星海社FICTIONS新人賞を受賞した
第一巻、全470ページを
星海社WEBサイト最前線にて公開中

http://sai-zen-sen.jp/awards/alice-ex-machina/

〝共産主義英雄譚〟開幕――
カルロ・ゼン　Illustration／巖本英利
約束の国
ヒルトリア社会主義連邦共和国――党と国家機構が融合し、"兄弟愛と統一"のスローガンの下、五民族・五共和国が薄氷の上に共存共栄する共産主義国家に時を越えて舞い戻ったダーヴィド・エルンネスト。
過去か未来か、"共産主義"か"民族自決"かの二者択一の正解を求め、ダーヴィドは仲間と共に、ヒルトリア連邦人民軍で栄達を重ねていく……。
星海社FICTIONSより好評発売中
星海社FICTIONS

星海社FICTIONSの年間売上げの1%がその年の賞金に――。

目指せ、世界最高の賞金額。

星海社FICTIONS新人賞

星海社は、新レーベル「星海社FICTIONS」の全売上金額の１％を「星海社FICTIONS新人賞」の賞金の原資として拠出いたします。読者のあなたが「星海社FICTIONS」の作品を「おもしろい！」と思って手に入れたその瞬間に、文芸の未来を変える才能ファンド=「星海社FICTIONS新人賞」にその作品の金額の１％が自動的に投資されるというわけです。読者の「面白いものを読みたい！」と思う気持ち、そして未来の書き手の「面白いものを書きたい！」という気持ちを、我々星海社は全力でバックアップします。ともに文芸の未来を創りましょう！

星海社代表取締役副社長COO 太田克史

詳しくは星海社ウェブサイト『最前線』内、
星海社FICTIONS新人賞のページまで。
http://sai-zen-sen.jp/publications/award/new_face_award.html

twitter

質問や星海社の最新情報は
twitter星海社公式アカウントへ！
follow us! @seikaisha

☆星海社FICTIONS ―――― 今月の新刊

黒剣(くろがね)のクロニカ 02

芝村裕吏 Illustration／しずまよしのり

和睦か、迎撃か。フランは“惨劇の日”を切り抜けられるのか――？

都市国家・コフの貴族“黒剣(くろがね)家”の長である父と長兄・トウメスの打倒に成功し、隣国ヤニアと二人の姫を救った黒剣家の三男・フラン。しかし、残された次兄のオウメスと、フランのかつての親友・ウラミによってヤニアは“惨劇の日”を迎えようとしていた……。果たしてフランの叡智は、局面を打開できるのか？

『マージナル・オペレーション』『遙(はる)か凍土(とうど)のカナン』のタッグが贈る、超巨弾ファンタジー、危急存亡の第二幕！

ビアンカ・オーバーステップ（上）

筒城灯士郎 Illustration／いとうのいぢ

妹にとって不要なものは――姉以外のすべてだ。

文学界の巨匠・筒井康隆(つついやすたか)が書き上げた唯一のライトノベル作品、『ビアンカ・オーバースタディ』。その“正統なる続篇”を引っさげ、筒井が認めた破格の新人・筒城灯士郎(とうじょうとうしろう)の才気がついにヴェールを脱ぐ！　天体観測の最中に突然消失してしまった好奇心旺盛な超絶美少女・ビアンカ北町(きたまち)。妹・ロッサ北町は愛する姉を見つけ出すため、時空を超えた冒険(オーバーステップ)を始める――！

ビアンカ・オーバーステップ（下）

筒城灯士郎 Illustration／いとうのいぢ

――大切なのは、あなたが最後まで、これを読みきるということ。

世界から姿を消した姉・ビアンカを見つけるため、時空を翔けめぐる追跡を続ける妹・ロッサ北町(きたまち)。ビアンカはどこへ消失したのか、〈ウブメ効果〉とは何なのか、そして〈最未来人(さいみらいじん)〉とは誰なのか――。文学界の巨匠・筒井康隆(つついやすたか)が書き上げた唯一のライトノベル、『ビアンカ・オーバースタディ』。その“正統なる続篇”を書き上げた新人・筒城灯士郎(とうじょうとうしろう)の筆致は、ジャンルの限界を超えた結末(オーバーステップ)へ――！

ダンガンロンパ霧切5

北山猛邦 Illustration／小松崎類

キャッチ探偵VS探偵による究極の頭脳決戦(ラストゲーム)に挑め!!

難攻不落の「密室十二宮」、ついに陥落！　探偵たちの屍(しかばね)と裏切りを乗り越えた先に待つ、衝撃の真実――最強の探偵が仕掛ける最終試験(ラストゲーム)を霧切響子(きりぎりきょうこ)と五月雨結(さみだれゆい)は突破できるのか!?

「物理の北山(きたやま)」こと本格ミステリーの旗手・北山猛邦(たけくに)が描く超高校級の霧切響子の過去―。これぞ“本格×ダンガンロンパ”！

星海社FICTIONSは、毎月15日前後に発売！

（お住まいの地域等によって発売日が変わることがございます。あらかじめご了承ください。）